L'homme sans visage

J'AI LU

Isabelle Holland

L'homme sans visage

Traduit de l'américain
par Christiane Poulain

Éditions J'ai lu

Titre original :

THE MAN WITHOUT A FACE
A Harper Keypoint Book

1

Ce fut l'été de mes quatorze ans que je fis la connaissance de l'Homme sans visage. Le pourquoi de ce surnom sautait aux yeux. En revanche, personne ne savait exactement comment c'était arrivé ; on parlait généralement d'un accident de voiture, suivi de l'explosion du réservoir d'essence. L'Homme sans visage venait dans sa vieille bagnole faire ses courses une fois par semaine au village proche de la ville où nous passions l'été et entrait avec raideur dans l'épicerie, feignant d'ignorer que tous les gens à la ronde prenaient grand soin de ne pas le regarder.

La première semaine de notre arrivée sur l'île, nous faillîmes le tamponner en sortant de la boutique. Il tenait la porte à m'man de mauvaise grâce. Il ne proposa pas de porter l'un ou l'autre des sacs lourdement chargés. Dès que nous eûmes franchi le seuil, le battant claqua derrière nous.

– Il pourrait faire quelque chose, non ? dit m'man en empilant les provisions à l'arrière du break. Tout de même... la chirurgie plastique existe. C'est à ça qu'elle sert. Pas seulement aux liftings de tante Tandy.

Tante Tandy était l'un des piliers de la colonie d'estivants. Les mauvaises langues prétendaient qu'elle avait subi tant de liftings que le chirurgien lui avait mis une fermeture Éclair à la place des points de suture.

– Atroce, dit Gloria.

Elle nous avait accompagnés au village histoire de pouvoir lambiner à la buvette devant un soda diététique, au cas où son sujet d'intérêt du moment, connu sous le nom de Percy-sans-pareil, viendrait à passer par là. Gloria est ma sœur et l'une des raisons premières pour lesquelles je voulais fiche le camp de la maison. Et, pour l'heure, à cause de sa volte-face de dernière minute, j'étais vraiment dans le caca.

Jusqu'à cet été-là, Gloria, qui a près de dix-sept ans, devait dégager dans un pensionnat, ce qui expliquait pourquoi je ne me fatiguais pas des masses pour entrer à St. Matthew's, où, selon la tradition familiale, j'étais censé aller à quatorze ans. Gloria partie, la vie serait supportable à la maison. Mais voilà que juste au moment où l'école allait fermer pour les vacances, elle s'était dégonflée et avait décrété qu'elle ne voulait plus être interne à la rentrée, alors que je venais plus ou moins délibérément de saboter l'examen d'entrée à St. Matthew's.

Quand m'man m'apprit que Gloria ne partait plus, je faillis piquer une crise.

– Ça fait des siècles qu'elle devait aller dans cette foutue école ! dis-je. J'y comptais.

– Eh bien, elle ne part plus. Elle dit qu'elle préfère rester à la maison. Franchement, Chuck, j'en suis ravie. Et ce serait une bonne idée si tu essayais de t'entendre avec elle. Elle est plus âgée et – regardons les choses en face – plus intelligente que toi. Son aide te sera précieuse dans les matières où, semble-t-il, tu ne réussis pas.

Le tact n'est pas le fort de m'man. Cependant, le fait de savoir que les tests de Gloria la classaient toujours au niveau d'un quasi-génie (c'est du moins ce que m'man disait à ses amis) et que les miens dénotaient tout juste un Q. I. moyen m'embêtait moins que d'autres trucs.

– Je ne veux pas qu'on m'aide. Pas Gloria.

Et je filai avant qu'elle me serve les arguments habituels.

Ça se passait au printemps. À présent, on était en été, et il n'y avait toujours pas de solution en vue...

M'man et moi mîmes le cap sur la villa, suivant la route sinueuse de la côte. Notre colonie n'est pas assez importante pour se glorifier d'un yacht-club, mais une construction blanche à charpente de bois qui se dresse d'un côté du port fait plus ou moins fonction de club pour les estivants qui ont, pour la plupart, diverses sortes de petits bateaux. J'étais, pour changer, en train de réfléchir à mon problème.

– Il faut que j'aille à St. Matthew's, dis-je au bout d'un moment.

– Écoute, tu as eu ta chance et tu l'as laissée passer. Tu t'es présenté à l'examen d'entrée et tu t'es fait étendre. Alors, comment comptes-tu y arriver ?

Oui, comment ? Là, elle m'avait, et nous le savions l'un et l'autre.

Tandis que nous roulions vers la villa, je me sentis devenir la proie d'un découragement général et je me réfugiai dans ce que j'espérais être un silence plein de dignité, jetant un coup d'œil par-ci, par-là dans le rétroviseur pour voir si elle le remarquait.

M'man est très mignonne – cheveux châtains bouclés, yeux noisette, visage triangulaire. Les gens disent qu'elle a tout d'un camée. (J'ignore au vrai ce qu'est un camée.) Gloria lui ressemble, ainsi que Meg, ma sœur cadette. Je ressemble à mon père, avec mes cheveux blonds et raides, mes yeux tirant sur le vert et ce que mon dernier beau-père en date, Boule de poil, avait coutume d'appeler un air stupide. C'était après que m'man et lui avaient décidé de divorcer. Jusque-là, il avait essayé de faire copain-copain. Un jour de l'an dernier, peu après leur séparation, m'man dit – elle s'était enfilé deux martinis et en avait entamé un troisième – que j'étais l'une des raisons du divorce.

– Il est merveilleux avec les garçons, Chuck. Tous les garçons, sauf toi. Les étudiants du campus l'aimaient bien. Il parvenait toujours à nouer le dialogue avec eux, alors qu'ils rebutaient la plupart des adultes. Et pour toi qui as tant besoin d'un père, je croyais vraiment qu'il serait formidable. Mais, avec toi, risquer une tentative d'approche, c'est comme tenter de s'introduire par effraction à la First National Bank. Pas mèche. Tu restes planté là comme une bûche avec cet air... cet air... (elle s'efforçait de ne pas prononcer le mot « stupide », parce qu'un des psys du bahut lui avait dit qu'elle ne devait pas employer de tels jugements de valeur à mon égard ; mais sa maîtrise de soi n'était pas à son summum à ce moment-là)... avec cet air *stupide*, Charles. Et un homme, fût-il le meilleur du monde, finit par saturer.

Je haussai les épaules. C'est un des trucs que j'ai appris à faire vraiment bien. Cela évite des tas d'emmerdes et ça exaspère aussi bien m'man que Gloria.

– Ne hausse pas les épaules, dit m'man, sa voix montant dans l'aigu, comme chaque fois qu'elle a sifflé deux ou trois verres.

– Pardon, dis-je.

Et je quittai la pièce avant qu'elle n'ait pu prendre la conversation bien en main.

Cette discussion avait eu lieu l'année précédente, juste après notre arrivée sur l'île pour les vacances et juste après que mon beau-père l'avait avisée qu'au lieu de nous accompagner, il allait rempiler et assurer les cours d'été à Berkeley et suggéré dans la foulée de divorcer.

Après ça, m'man s'était mise à picoler un peu plus, à se fâcher plus souvent contre moi et à prendre plus fréquemment le parti de Gloria dans nos querelles. J'ai plus d'une fois réfléchi à tout ce fourbi de complexe d'Œdipe dont on parle tant entre mère et fils. Parce que c'est sûr qu'il n'a pas marché avec nous. M'man ne m'aime pas. Elle ne m'a jamais aimé – du moins d'aussi loin que remontent mes souvenirs. Et je ne suis pas fou d'elle. À vrai dire, je n'aime guère les bonnes femmes, quel que soit leur âge. Meg est O.K., parce qu'elle est encore courte sur pattes et grosse ; qu'elle porte un appareil dentaire et ne s'est pas encore essayée à me manipuler. Elle a onze ans. N'empêche que c'est une fille, alors je la tiens à l'œil ; parce que, incessamment sous peu, elle risque de me sortir la tirade version junior de « comment-as-tu pu me faire ça, à moi ? ».

Autre jugement maternel, assené généralement après un regard appuyé et chargé de braises :

– Tu vas devenir le portrait craché de ton père.

– Merci, je réponds toujours très poliment.

Ça aussi, ça l'embête.

Certaines bonnes femmes ont pour hobby le jardinage, les œuvres de charité ou encore l'art. M'man, elle, c'est le mariage. Jusqu'à présent, et en comptant le prof qui est retourné à ses cours d'été, elle a atteint le chiffre de quatre. Il y a eu le premier prof, le père de Gloria, ce qui explique probablement le Q. I. de la frangine. J'ignore les motifs du divorce. Inutile de vous dire que je n'y étais pas. Ensuite, il y a eu mon père, que m'man désigne parfois à ses amis comme « ma seule véritable erreur ». Un jour, Barry Rumbolt, un veuf qui la connaît quasiment depuis toujours et qu'on surnomme ordinairement Barry Rumble Seat[1], a carrément demandé :

– Pourquoi ?

– Parce que Eric était tellement... tellement... vieux jeu, tellement classe moyenne, tellement Américain bon teint. Tu vois le genre. Ces gens-là finissent toujours par devenir ingénieurs... ou pilotes.

Et elle m'avait regardé par-delà la véranda.

Un jour, mon horrible sœur Gloria avait déniché un journal que je tenais sur les trucs que j'aimais et elle avait découvert que j'y parlais beaucoup d'avions. Dès lors, l'appart avait retenti de plaisanteries du style : « Ici Charles Norstadt, votre pilote. Nous allons entrer dans une zone de légères turbulences... », accompagnées d'un bruitage façon haut-le-cœur et vomissements. Je n'avais mis un terme définitif à la farce qu'en disant au dernier flirt en date de Gloria, au téléphone, qu'elle était retournée inopinément à New York et ne pourrait l'accompagner au bal du week-end au club. Le samedi venu, bien sûr, il ne se montra pas... Bonjour l'ambiance, après ça ! Mais il n'y eut plus d'allusions aux avions, sauf celles,

1. Vieux tacot. *(N.d.T.)*

occasionnelles, de m'man, quand elle désirait me faire savoir qu'elle me trouvait pénible.

– Il n'y a rien de mal à être pilote, dit Barry. Tu aimes bien prendre l'avion. Comment on ferait s'il n'y avait pas de pilotes ?

C'est Barry tout craché. Le Père la Raison. Sauf que la raison manque sacrément d'attrait.

– J'aime bien aussi que les poubelles soient ramassées, répliqua m'man. Cela, toutefois, ne signifie pas que je souhaite épouser un éboueur ou voir mon fils faire de ce métier la vocation de sa vie.

J'étais sur la balançoire de la véranda, tout sourires, regrettant de ne pas avoir emporté une maquette d'avion que j'avais faite et juchée au sommet de l'antique armoire de ma chambre, endroit auquel Big Snoopy et Little Snoopy ont du mal à accéder.

– En outre, poursuivit m'man, emplissant de nouveau son verre et celui de Barry, jouer à l'épouse à l'autre bout de la terre n'était pas ma tasse de thé. Quand Eric a été envoyé en Patagonie, en Tasmanie, en Slobbovie ou je ne sais où et a voulu que je l'accompagne pour que je lui prépare sa gamelle, je lui ai crié : « Pouce ! »

De ce qui précède, vous pouvez déduire que mon père était ingénieur, profession que m'man trouvait atrocement plouc. Elle préférait l'enseignement ou les arts de la communication. Après son divorce d'avec mon père, elle épousa Bob, le directeur de l'une des maisons d'édition les plus classe de New York, et tous deux passèrent de joyeux hivers à fréquenter ce que Barry appelait « du beau linge ». L'idylle prit fin à la suite d'une bataille engagée à propos d'une critique que publia la *New York Review of Books* sur un ouvrage édité par Bob. Au beau milieu de la bagarre, ce dernier s'aperçut que m'man n'avait pas lu le livre. Patatras ! *Exit* Bob, qui laissa Meg à m'man en guise d'héritage. Meg, elle aussi, a un Q. I. élevé.

Après ça vint un autre prof. M'man renonça aux réceptions en faveur des manifs. Ce type devait faire partie d'une douzaine de comités, car on voyait son nom à tout bout de champ dans les annonces pleine page anti-tout du *Times* qui dénonçaient l'Establishment. C'est la seule époque de sa vie où m'man ait pris de l'exercice, à porter des pancartes pour ci ou pour ça. Je la vis deux fois à la télé, mais l'une compte pour du beurre, parce qu'une contre-manifestation se déroulait de l'autre côté de la rue, et quand la caméra la repéra, elle était plus ou moins passée à l'opposition. Le prof en fut très contrarié.

Mais rien n'agaçait le prof (alias Boule de poil) autant que moi, ce qui me convenait tout à fait, vu que c'était entièrement réciproque. Il pointait sa barbe de prophète Ezéchiel dans ma turne, laissait tomber son gros cul sur mon lit et essayait de copiner. Je ne crois pas qu'il serait jamais parvenu à ses fins, mais il saborda ses chances – s'il en avait – la deuxième fois. Il vint traînasser alors que j'étais à mon bureau, en train de faire mes devoirs.

Après m'avoir énervé à bavasser de tout et de rien, il prit une petite photo sur mon bureau.

– Qui c'est, ce maître nageur ?

Je lui arrachai la photo des mains et la mis dans un tiroir.

– C'est mon père. Et la seule fois où il a été maître nageur, c'est quand il a dû travailler pour payer ses études à l'université.

Je dois le dire à sa décharge : le prof affichait une expression désolée sur ce que je pouvais distinguer de visage entre frange et barbe.

– Écoute, je ne voulais pas te blesser. C'était seulement une façon de parler. J'aimerais que nous soyons amis.

– Pas de problème. Mais, pour le moment, j'ai des devoirs à faire.

Il eut une espèce de rire jovial.

– Eh bien, je pourrais peut-être te donner un coup de main.

– Je n'ai pas besoin de votre aide, merci.

– Ta mère dit que ça ne marche pas trop fort à l'école.

C'était la vérité vraie. Mais ça me mit en pétard qu'il en parle. J'ai à peine besoin de vous dire que Gloria et Meg semblaient infoutues de décrocher d'autres notes que des A. Je le lui cachai, bien sûr, mais j'avais déjà décidé qu'à dix-sept ans je m'engagerais dans l'armée de l'air. Une fois là-bas, je pourrais étudier les matières que je voudrais – aller à l'université, même, puis devenir pilote. Dans l'intervalle, je ne me tuais pas au travail.

– Eh bien, dis-je du ton le plus sarcastique que je pouvais me permettre sans m'attirer d'ennuis, puisque m'man vous a dit quel crétin fini je suis, je ferais mieux de me remettre à apprendre mes tables de multiplication par cœur. C'est assez coton.

Il marmonna une sorte de protestation, mais je retournai délibérément à mon manuel – une méthode dont j'avais découvert l'efficacité. Qu'on les ignore, c'est plus que n'en peuvent supporter la plupart des gens. Tôt ou tard, ils se fichent en rogne et quittent les lieux d'un pas martial ou bien gagnent la porte à pas furtifs.

Dans un cas comme dans l'autre, c'est vous le vainqueur. Et le prof ne faisait pas exception à la règle, malgré tous ses diplômes. Je tournai la tête quelques minutes plus tard – il n'était plus là.

Il fit plusieurs tentatives par la suite, commençant toujours ses phrases par « À vrai dire » et lançant des « absolûment ! » et des « relations interpersonnelles » comme si c'étaient des espèces de mots de code. Il essaya même de me faire adhérer à une de ses causes... Cette fois, ses termes de prédilection étaient « pertinent » et « engagé ». N'étant pas le débile mental pour lequel me prennent m'man et lui, je les avais déjà entendus. Je sais même ce qu'ils veulent dire et je pense (en mon for intérieur) qu'ils mettent généralement en plein dans le mille. Mais je n'allais pas en discuter avec cette boule de poil – notamment dans son rôle de beau-père.

Mais, de toute façon, il s'était cassé, à présent. Ce qui, somme toute, était une bonne chose, bien qu'être sans mari déclenchât toujours une kyrielle de symptômes nerveux chez m'man. En premier lieu – sauf quand ce vieux Barry Rumble Seat était dans les parages –, cela signifiait qu'elle devait se rendre seule aux réceptions. Et ça, elle n'appréciait pas des masses.

Bref, pour en revenir à l'Homme sans visage et à la manière dont je l'ai connu...

Tout a commencé, comme je vous l'ai dit, à cause de Gloria et de sa décision de rester dans son externat à New York les deux années à venir. Je n'arrivais pas à encaisser le coup. J'avais déjà l'impression d'être étouffé par les femmes. C'est marrant... quand il y avait juste m'man, Meg et moi à la maison, ce n'était pas si mal. C'était même – parfois – sympa. Meg a une passion dans la vie : les animaux, autre raison, bien qu'elle soit du sexe féminin, qui fait qu'elle ne peut pas être si mauvaise que ça. Les allergies de m'man nous empêchent d'avoir des bêtes à poil. Meg a donc jeté son dévolu sur deux aquariums, quatre tortues, un canari, une perruche, un perroquet et une étagère de livres consacrés à la vie sauvage. Elle regarde toutes les émissions sur les animaux à la télé et est membre fondateur du Flipper Club. Quand elle s'y met, elle a tout d'une encyclopédie vivante.

Et, bien que ce soit difficile à croire, m'man est championne pour raconter des histoires d'un autre genre. Son paternel était une espèce d'érudit, et si Meg ou moi on la poussait, elle se mettait soudain à raconter une histoire hypercool sur des gens tels que Saladin, le chef des Sarrasins à l'époque des croisades, ou un personnage gallois, ou bulgare, ou chinois, glanée par osmose quand elle était petite. Mais ça, c'était seulement quand Meg et moi étions seuls avec elle. Gloria et mes deux derniers beaux-pères lui clouaient le bec s'ils les entendaient. Comme le dit un jour Boule de poil, alors qu'il arrivait en retard pour le dîner et que m'man était lancée sur Robert Ier Bruce, ou Cadwallader ou Knud le Grand, ou autre, satisfaire un besoin névrotique de héros purement mythiques retardait le développement de la conscience sociale. Au reste, savions-nous que Robert Ier Bruce (ou Cadwallader ou Knud le Grand) avait des escarres, la syphilis et des poux ? L'Histoire, dit-il en s'asseyant et en faisant main basse sur le reste du rôti, était la chronique de mouvements de masse, et il importait que Meg et moi ne l'oubliions pas. M'man semblait ployer sous la culpabilité, et, un instant, je la pris en pitié. Mais étant donné qu'elle avait l'habitude de compenser son approche négative de la conscience sociale en me tarabustant, ma compassion ne dura guère.

Gloria exerçait sur m'man et sur l'atmosphère générale le même effet que le prof. Ainsi, quand elle largua sa bombe de ne pas aller au pensionnat, je compris que je devais me tirer. Je passais l'examen d'entrée à St. Matthew's cette semaine-là, et même si je veillais toutes les nuits, il était trop tard pour rattraper le temps perdu. Sûr que si je n'avais pas été aussi stupide que tout le monde le disait, j'aurais bûché depuis le début, juste en prévision d'un truc de ce genre. Mais Gloria n'avait cessé de nous bassiner à propos des splendeurs de Fenwick Academy (l'institution pour jeunes filles de bonne famille qu'elle était censée fréquenter), du plus loin que je me souvienne. Et je n'avais tout bonnement pas pris en ligne de compte que, avec Gloria, une histoire de cœur aurait la priorité sur tout le reste et que New York était beaucoup plus près de Princeton et de Percy-sans-pareil que Fenwick, Virginie. Par ailleurs, depuis que j'avais décidé de me barrer dès que j'aurais dix-sept ans, je m'étais mis dans la tête qu'il serait plus difficile de m'enfuir d'un internat que de la maison, où le topo, au moins, m'était familier. Par conséquent, je ne me bilais pas. Et bien sûr, quand le proviseur de St. Matthew's envoya par lettre les résultats de l'exam à m'man, juste avant notre départ pour passer ici les vacances d'été, ce fut pour dire que j'avais lamentablement foiré.

– Eh bien voilà ! dit m'man en repliant la lettre, ne se donnant même pas la peine d'avoir l'air mécontente.

De toute façon, elle n'approuvait pas l'internat pour les garçons. Boule de poil lui avait dit qu'un fort pourcentage d'entre eux devenaient homosexuels, et m'man est obsédée par les homos.

Je compris donc que j'étais dans un sérieux pétrin et que je devais faire quelque chose pour entrer à St. Matthew's. Aussi, à la veille de quitter New York, j'écrivis au proviseur et lui demandai s'il y avait un moyen quelconque – en dépit de mon exam loupé – pour que je sois admis au bahut.

La réponse arriva le lendemain du jour où nous avions failli télescoper l'Homme sans visage, dont le surnom, à strictement parler, aurait dû être l'Homme au demi-visage. Une moitié de sa figure était, pour reprendre le terme de Gloria, atroce. L'autre, si on faisait le tour pour la regarder – ce dont s'abstenaient la plupart des gens après le choc initial – était normale. On le surnommait également le Maussade, parce que nul ne l'avait jamais entendu dire que le strict nécessaire, genre « une miche de pain et une livre de café, s'il vous plaît ».

Bref, dans sa lettre, le proviseur écrivait que mon dernier espoir était de repasser l'exam à la fin de l'été et qu'alors – et à condition que j'obtienne au moins B de moyenne – on « reconsidérerait mon cas ».

Il va sans dire que si St. Matthew's avait joui du moindre prestige parmi les écoles préparatoires, j'aurais pu aller me rhabiller. Comme l'avait dit Gloria, quand les résultats étaient arrivés : « Qui voudrait s'encombrer d'un WASP semi-illettré ? »

Mais St. Matthew's (où étaient allés mon grand-père et certains de mes grands-oncles) sombrait dignement depuis des décennies, et bien qu'il y eût un nouveau proviseur, l'école ne pouvait se permettre de faire la fine bouche. St. Matthew's récupérait le rebut d'Andover, d'Exeter, de Groton, de Choate's et des autres établissements qui se respectent. Et c'était là que résidait mon seul espoir.

Je montrai la lettre à m'man.

– Tu n'as jamais ouvert un livre de ta vie durant l'été, Chuck. Qu'est-ce qui te fait croire que tu vas le faire, cette fois ?

– Mais si oui, je pourrai y aller ?

– Dors sur tes deux oreilles, m'man, dit Gloria. (Assise à la table de la cuisine, elle essayait une nouvelle paire de faux cils.) Il n'est pas plus capable de se plier à la discipline de travail nécessaire pour se hausser de son actuel niveau primaire à celui, minable, de St. Matthew's que de traverser le port à la nage. En fait (elle ramassa ses faux cils tombés par terre), étant donné qu'il a plus de muscle que de cervelle, c'est une mauvaise analogie. Sais-tu ce qu'est une analogie, Chuck ?

Elle me regarda avec cette expression suave qui me donnait envie de lui flanquer un coup de pied.

J'étais conscient qu'elle m'asticotait. Je savais aussi que j'étais infoutu de riposter par quelque repartie bien envoyée. S'il me vient jamais à l'esprit une repartie bien envoyée, c'est plusieurs heures plus tard ou à trois plombes du mat', après que je suis resté éveillé la moitié de la nuit à essayer d'en concocter une. Je fis comme si elle n'était pas là.

– Je pourrai, m'man ?

Mais m'man avait été briefée.

– Bien sûr. Si tu t'en crois capable.

À la fin de la semaine, j'avais compris que Gloria avait raison : je n'y arriverais jamais tout seul. Chaque soir, généralement au cours du dîner, Gloria me demandait : « Et ces études, Chuck ? Ça avance ? Tu es sur Virgile ou sur César ? » Ou : « Je serais ravie de te donner un coup de main dans les matières sociales. »

– Je m'en sors impec, répondais-je invariablement, mentant comme un arracheur de dents et creusant ma propre tombe, car plus je le disais, moins j'avais de chances d'obtenir une aide réelle.

– Bien, disait-elle, me considérant d'un œil froid. Cela montre de quoi tu es vraiment capable quand tu veux bien t'appliquer. Dommage que tu ne t'y sois pas mis durant toutes ces années de scolarité coûteuse.

Je marchais comme un bleu.

– Tu ne pourrais pas me lâcher les baskets ? Si tu veux prendre la tête du M.L.F. local, exerce-toi donc sur tes amoureux... à moins que cela n'explique pourquoi on ne voit plus Steve et Larry, cet été ?

Il y a un truc auquel Gloria n'excelle pas des masses (physiquement, j'entends), c'est piquer un fard. Ça lui sort comme une éruption de rougeole carabinée.

– Écoutez-moi ce petit coq stupide qui sait que son seul avantage réside dans sa musculature !

Musculature... C'est sa dernière trouvaille.

– Ma musculature est assez développée pour t'écrabouiller la figure, ma vieille. Attends que je te montre !

Et je fis signe de l'attaquer par-dessus la table.

Physiquement, Gloria est une lâche. Lancez-lui un ballon, et la voilà saisie de panique.

– Arrête-le, m'man ! glapit-elle.

– Si tu comptes étudier, alors, je te conseille de t'y atteler, dit m'man, chargeant le lave-vaisselle. Après tout, c'est toi qui veux aller au pensionnat.

Je montai dans ma chambre et fermai la porte. Puis je fixai les livres que j'avais apportés de New York, ces livres dont le contenu devait être dans ma tête avant que j'aie la moindre petite chance d'entrer à St. Matthew's. Il se peut que tous ces moralisateurs barbants aient raison : il faut contracter de bonnes habitudes. Je n'avais jamais pris celle de bûcher, et je ne savais pas par où commencer. À New York, je fréquentais le genre d'école qui accepterait l'inscription de Rosie, l'hippopotame du zoo de Central Park, plutôt que de voir le fric d'un élève lui passer sous le nez. En plus, c'était le dernier endroit en date où on vous laissait libre de suivre vos penchants naturels. Pas de structure inhibitrice. Pas de méthodes désuètes. Un tas de tests de Rorschach, mais aucun examen.

Je n'ai jamais pleuré depuis l'âge de sept ans. Bon, je sais, ça paraît impossible, mais c'est la vérité. Les gens qui disaient que j'étais incapable de m'appliquer à quoi que ce soit parlaient sans savoir. Je m'étais appliqué à ne pas pleurer – à propos de n'importe quoi. Non pas, comprenez-moi, que je sois coincé ou un truc dans ce goût-là, mais parce que ça donnait à m'man une drôle de prise sur moi. Elle adorait ça. Quand ça se produisait (avant mes sept ans), je me retrouvais pressé contre son sein, à demi étouffé (sous l'œil de Gloria), et, après, elle était très chouette avec moi pendant un certain temps, ce qui était super. Mais il y avait un prix à payer. Elle me croyait alors À ELLE, et tant que je ne me débrouillais pas pour avoir un peu d'air en me montrant hyperdétestable, je pouvais à peine aller aux toilettes, me préparer un sandwich ou partir me balader sans qu'elle veuille savoir où j'allais, ce que je ferais une fois là-bas et me proposer son aide. Pouah !

Ou, en toute franchise, si je versais quelques pleurs inévitables, je prenais toutes mes précautions pour être vraiment seul et à l'abri des oreilles indiscrètes.

Le hic, c'est que notre villa de l'île n'était pas conçue pour garantir même un minimum d'intimité. J'étais donc là, assis sur mon lit, fixant les bouquins et m'efforçant un max de penser à des trucs absolument hilarants – Gloria tombant d'une des falaises dans un chaudron d'huile bouillante. Au bout d'un moment, j'éteignis, me glissai entre mes draps et enfouis ma tête dans mon oreiller.

Je dus m'endormir, car je me souviens de m'être réveillé ; la lune était levée et il y eut un grondement bas et assourdi à la fenêtre, suivi d'un *plop !* sur mon lit.

– Moxie, dis-je.

Et je l'étreignis.

Le grondement se métamorphosa en un ronronnement profond et guttural. Je sentis une truffe humide contre ma joue et humai une mauvaise haleine. Pauvre Moxie ! Il n'est guère acceptable en société. Moxie est un gros matou roux, affligé d'une oreille et demie, de plaques dont il a laissé la fourrure dans ses nombreux combats et de cicatrices sur la gueule qui lui donnent positivement une expression mauvaise.

C'était un chaton dégingandé quand je l'avais trouvé trois ans plus tôt. Mais, bien sûr, à cause des allergies de m'man, je n'avais pas pu le garder ni l'emmener à New York. L'hiver, il vit de chasse et d'aumônes. J'ai demandé à des gens d'ici de le nourrir, leur offrant de l'argent (quand je jugeais qu'ils ne se sentiraient pas insultés) ou expédiant pour eux de menus travaux durant l'été. Je crois qu'ils le font. Le nourrir, je veux dire. Ou que quelqu'un le fait. Parce que, chaque été, il est la première chose que je cherche, et il ne rate jamais notre arrivée. À un moment ou à un autre, au cours d'une des trois premières nuits, il gagne ma fenêtre par le toit du garage après la tombée du jour. Il se garde bien d'apparaître à l'une des portes pendant la journée. Allergies ou pas, m'man le déteste. Il y a deux ans, elle m'a proposé de le garder officiellement dans ma chambre si j'acceptais de le faire castrer. Sachant que cela faisait seulement partie de son projet de masse en vue de l'apprivoisement et de la domestication de l'espèce mâle, j'ai refusé.

Résultat : m'man prend comme un affront personnel chaque chaton rouquin du port, et leur nombre va croissant d'année en année.

– Ne laisse pas cette bête entrer dans la maison, Charles, dit-elle de temps en temps pour faire bonne mesure. Il sent mauvais et il fait partout.

Hypervrai.

– Moxie, murmurai-je dans sa fourrure sale et emmêlée.

Son ronronnement s'accentua. Il étendit contre le mien son long corps couvert de plaies gagnées au combat. M'man avait raison sur un point : il schlinguait. Question puanteur, probable qu'il ne le cède qu'à la mouffette. Mais je suis la seule créature, animale ou humaine, qu'il aime, et c'est complètement réciproque. Si je fais mon lit le matin – geste que, sinon, je considérerais comme une concession à l'impérialisme femelle –, c'est uniquement pour que m'man ne sache pas qu'il a passé la nuit ici. Si le lit n'était pas fait, elle serait au parfum, si j'ose dire, dès qu'elle atteindrait le pas de la porte.

Cette nuit-là, je racontai tout à Moxie à voix basse, tandis qu'il ronronnait et ronflait tour à tour (je crois qu'il souffre d'une déviation de la cloison, ou possible qu'un de ses infortunés rivaux lui ait flanqué un coup géant sur le nez). Les murs de notre villa sont minces ; je n'aurais donc pas dû être surpris de voir la porte s'ouvrir à l'aube, révélant la forme en pot à tabac de Meg.

– Qu'est-ce que tu veux ? demandai-je d'un ton revêche.

Meg nous considéra, Moxie, et moi. Moxie leva la tête et cessa de ronronner. Silencieux, immobile, il était, je le sentais, en train de regarder de tous ses poils, de tous ses muscles. Il tolérait Meg. Si ç'avait été Gloria ou m'man, il aurait poussé son drôle de cri strident et franchi la fenêtre d'un bond. Il faut que je dise, à propos de Meg, qu'en dépit de sa passion pour les animaux elle n'est pas jalouse, ce qui n'est pas le cas de beaucoup d'amis des bêtes, qui se sentent plus ou moins menacés si la première créature venue ne leur saute pas sur les genoux.

Meg restait seulement plantée là, et ses cheveux bouclés lui donnaient l'apparence d'une sainte grassouillette et courte sur pattes entourée d'un halo.

– À propos de St. Matthew's, dit-elle.

– Eh bien, accouche !

– Tu n'y arriveras jamais tout seul.

J'ouvris la bouche pour lui dire de garder pour elle ses brillantes déductions mais, avant que j'aie pu émettre un son, elle s'avança pesamment.

– Inutile de monter sur tes grands chevaux. Mieux vaut regarder les choses en face et trouver une solution.

Je vous jure, cette pétasse qui se prend pour un des cinq psys du bahut... J'ouvris derechef la bouche pour lui clouer définitivement le bec, puis je me souvins que c'était juste ce à quoi je pensais au moment de me coucher. Tout ce que je trouvai à dire fut :

– Et alors ?

– Et alors, une des rumeurs qui circulent à propos du Maussade, c'est que c'est un ancien prof. Peut-être qu'il pourrait te donner des cours.

– Tu rigoles ou quoi ?

– Pourquoi ?

J'étais étendu là, dans la pénombre. Pourquoi, en vérité ? Les rumeurs sur le Maussade, alias l'Homme sans visage, alias Justin McLeod, étaient légion.

Au sein de notre minicolonie, chacun savait quasiment tout sur son voisin. La seule exception était McLeod, qui vivait retiré dans une vieille bicoque, dans la partie continentale de la petite péninsule qui empêche notre île d'être une île véritable. Cela, bien sûr, faisait de lui une source de ragots fascinante. Théorie numéro un : il avait fait de la prison. Théorie numéro deux : il avait travaillé pour la C.I.A. et un agent double, triple ou quadruple lui avait lancé une bombe incendiaire en pleine poire. Théorie numéro trois : c'était un physicien célèbre qui vivait sous un faux nom depuis qu'une expérience lui avait explosé à la figure. Et enfin, il y avait la théorie de l'accident de voiture.

Aucun de nous n'ajoutait vraiment foi à l'une ou à l'autre, mais comme on ne pouvait se fonder sur rien et qu'on avait tout l'été pour se livrer aux conjectures, les histoires devenaient de plus en plus abracadabrantes. Un ou deux gamins qui s'étaient faufilés subrepticement dans sa propriété afin de voir ce qu'ils pourraient dégoter avaient été pris en chasse par un énorme clebs à demi chevalin et complètement homicide. Tout le monde avait reçu le message cinq sur cinq : il ne voulait pas de compagnie. Alors, on lui fichait la paix.

Et, à présent, voilà que Meg se pointait avec cette idée pas excitante pour un rond qu'il avait été prof.

– Bon, dit-elle de la porte, tu peux tenter le coup. Tout ce qui risque d'arriver, c'est que le chien te mette en pièces.

– Merci bien !

Je ne me rendormis pas. Moxie se détendit, ronronna et ronfla un peu. Mais quand le jour se leva et que les oiseaux entamèrent leur raffut, son esprit se tourna visiblement vers le petit déj'. Sans compter qu'on ne pouvait jamais prévoir quand l'Ennemi (m'man ou Gloria) allait rappliquer et se mettre à lancer des ondes inamicales dans sa direction. Sur un dernier miaou guttural et après s'être frotté la tête contre la mienne, Moxie ramassa son long corps pelé, bondit à la fenêtre et disparut.

2

Le reste de la journée, je tournai et retournai la suggestion de Meg dans ma tête, tout en traînant la plupart du temps sur la jetée et sur le port.

– Tu ne bosses pas, aujourd'hui ? demanda Gloria comme je fonçais en direction de la porte de la véranda après le petit déjeuner au lieu de remonter à l'étage.

– Je m'octroie une journée de congé.

De quoi je me mêle ?

– Tu es déjà si avancé ?

Son expression m'évoqua celle de Moxie quand il guette un oiseau.

– Laisse-le tranquille, Gloria, fit m'man de la cuisinière où elle faisait frire du bacon.

J'attendis près de la porte, tendant le dos. C'est un pari constant avec moi-même. Quand m'man prend mon parti, cela signifie généralement qu'un truc qui me débecte est en route. Le truc en question toucha le port.

– Charles, tu sais que je n'aime pas que ce répugnant chat errant vienne dans ta chambre et passe la nuit dans ton lit. Il empeste toute la maison.

Comment le savait-elle ?

Furieux, je regardai Meg. Mais, avalant à la cuiller un bol plein de céréales, elle secoua la tête sans même lever les yeux. Et bien qu'elle soit parfois peste, je savais que ce n'était pas le genre à moucharder.

Mais Gloria... Gloria qui chipotait dans ses œufs brouillés, l'air de l'héroïne de ce stupide conte de la princesse et du petit pois que m'man nous lisait quand nous étions gosses tous les deux. À mon avis, Gloria a modelé son image sur celle de cette femme.

– Merci, dis-je en la fixant droit dans les yeux.

– Te rends-tu compte, demanda-t-elle nonchalamment, que ton copain chat grouille de parasites ? On peut quasiment les voir à l'œil nu prendre pension dans sa fourrure.

Étant donné que Moxie gonfle la queue et arque l'échine chaque fois qu'il aperçoit Gloria, je doute que ce soient ses parasites qui gênent cette punaise (si vous voulez bien me passer ce mauvais jeu de mots).

– Le fait est, mais il a si bon goût pour ce qui a trait aux gens, dis-je, assez content de moi, pour une fois. Sans compter que je te croyais entichée de nature et d'écologie... Ou était-ce seulement avant que Steve décide qu'il pouvait vivre sans toi ?

La figure de Gloria vira au rose psychédélique.

– Espèce de salaud ! Attends un peu ! M'man...

Mais j'avais déjà franchi la porte de la véranda et dévalé les marches. Ce genre de conversation était quasiment quotidien depuis qu'on était en âge de parler, Gloria et moi. Et j'avais envie de prendre l'air.

Cet été-là, il n'y avait pas beaucoup d'ados de mon âge dans les parages. Certains, parmi ceux de l'année dernière, étaient partis dans des camps ou autres lieux de villégiature, et mon meilleur ami, Joey Rodman, qui va aussi à mon bahut, à New York, se trouvait encore en Europe avec ses parents, qui l'y gavaient de culture dans l'espoir d'améliorer son Q.I. Le Q.I. : voilà ce qui nous rapprochait. Et son cas était plutôt pire que le mien, parce que, ainsi qu'il le dit, si tu es juif et que tu as un Q.I. médiocre, mec, t'es vraiment dans la mélasse. Sa famille voit ça comme un déshonneur qui ne le cède qu'à une conversion au catholicisme. Mais Joey, donc, n'était pas là non plus au moment où j'avais besoin de lui, aussi, après avoir échangé quelques insultes avec deux gamins écopant un canot, je me mis à déambuler dans le port, faisant ricocher des galets et réfléchissant aux paroles de Meg.

Au terme de plusieurs heures lugubres uniquement égayées par quatre hot dogs, un hamburger et une glace achetés à l'occasion de mes retours au village, j'arrivai à la conclusion que tout le problème se résumait à la question suivante : Quelle est l'alternative ?

Et l'alternative, c'était de vivre les trois ou quatre années à venir dans un appart new-yorkais de cinq pièces, avec ma morveuse de sœur aînée qui m'humilierait chaque fois qu'elle me verrait, obligé de me frayer un chemin parmi une forêt de bas et de sous-vêtements trempés dès que je voudrais prendre une douche et essayant de trouver ma brosse à dents dans une jungle de faux cils, de postiches, de fonds de teint visqueux, et j'en passe. Et si je me plaignais, m'man se rangerait du côté de Gloria. Me demandant quel effet ça faisait d'être déchiqueté par un chien détestant le genre humain, je partis donc en quête de Justin McLeod.

C'était pas la porte à côté, et ça montait presque tout le temps. Comme, entre deux pensées que j'accordais à Maussade et à son molosse, les papillons menaçaient de se transformer en chauves-souris dans mon estomac, je tentai, afin de m'occuper l'esprit, de me rappeler tout ce que j'avais entendu dire au sujet de Justin McLeod. Ce n'était pas difficile. Le résultat était loin d'être égal à zéro. On arrivait en finale au total suivant :

1. Il avait emménagé dans la maison de la falaise une douzaine d'années auparavant. De temps à autre, il bouclait la baraque et fichait le camp. Mais pas souvent.

2. Il vivait seul avec son chien carnivore, ce qui signifiait que ceux qui avaient trouvé quelque prétexte pour lui rendre visite et fureter alentour n'allaient guère plus loin que la grille. Il fallait ajouter à ça une espèce de post-scriptum, comme quoi on disait que le chien avait dévoré des petits enfants, mais là, ça me paraissait un peu poussé. Penser au clebs me déprimait, je poursuivis donc ma liste :

3. En dépit de toutes ces théories fort intéressantes sur la manière dont il avait eu sa brûlure, et sur son passé en général, la seule preuve fiable d'une activité professionnelle était qu'il recevait des lettres et des colis d'une maison d'édition de New York. Certaines enveloppes avaient des fenêtres et paraissaient contenir des chèques. (Je me demande d'où on tenait ce renseignement : la postière est une bonne femme glaciale qui a l'air de considérer son job comme une vocation. On dirait qu'elle meurt d'envie que des agents communistes lui appliquent des pincettes chauffées au rouge sous les ongles, afin de pouvoir refuser héroïquement de cancaner sur qui reçoit quoi au village. N'empêche,

quelqu'un avait parlé, et on convenait généralement que, même s'il avait exercé d'autres métiers, McLeod était écrivain.)

4. Le hic, en ce qui concerne le point numéro 3, c'est que personne n'avait jamais vu son nom sur un bouquin. Cela avait donné l'hypothèse (si vous me permettez un des termes ronflants de Gloria) selon laquelle :

5. Il écrivait des ouvrages porno sous un pseudonyme. Quand cette théorie avait pris corps, on avait tous – enfin, tous les jeunes – fait une descente dans la seule et unique librairie du patelin. Fiasco total. Alors on était allés jusqu'à la ville la plus proche, afin d'acheter en bloc tous les livres porno et de les parcourir dans le but de découvrir ce qui, dans les romans policiers, s'appelle la preuve intrinsèque. Mais on n'avait rien trouvé d'autre que des réimpressions en poche, sans un seul vrai porno hard dans le lot. Cependant, comme le fit remarquer Joey (son paternel est dans l'édition), on ne pouvait guère s'attendre à en dégoter un, vu qu'on était dans une région particulièrement rétrograde et collet monté.

Toutes ces cogitations ne me menaient nulle part, excepté, physiquement, là où j'allais.

La maison de McLeod se dresse au sommet d'une falaise, à plusieurs kilomètres au nord du port, et il faut suivre le long chemin pour accéder à sa grille, l'unique ouverture dans un mur de pierre édifié par quelque habitant misanthrope de la Nouvelle-Angleterre. Par-delà la grille, on aperçoit un sentier qui serpente entre des bosquets de pins. La maison est cachée de la route et l'ensemble est joliment lugubre. Aucune pancarte n'annonçait « Attention au chien ». Pourtant, je m'attardai quelques minutes et, ce faisant, m'épargnai (croyais-je) un tas d'ennuis. J'entendis en effet le bruit d'un moteur et, au débouché du sentier, surgit la vénérable – quoique encore belle – voiture étrangère de McLeod. Il s'arrêta, descendit et je compris qu'il s'apprêtait à ouvrir la grille. N'importe qui aurait saisi l'occasion et se serait précipité pour lui éviter la manœuvre. Mais je manquai de présence d'esprit, comme d'habitude : il couvrit les quelques pas jusqu'à la grille avant que le déclic ne se fît dans ma tête. Je me serais fichu des gifles ! Il me considéra par-dessus le portail tandis qu'il en soulevait le loquet, et il me sembla qu'une bise glaciale m'arrivait droit dessus.

– Que veux-tu ?

Ça, ce sont les mots qu'il prononça. Sa voix, elle, disait : « Ne t'approche pas. »

Tout ce que j'avais prévu de dire en manière d'introduction intelligente s'évapora de ma cervelle. D'abord, il y avait sa tronche, que je n'avais encore jamais vue d'aussi près. Et c'était un spectacle salement déconcertant. Du bœuf cru vernissé sur près d'une moitié, et qui rejoignait l'autre par-dessus le nez. Je le fixai, puis ôtai mon regard de son visage comme si mes yeux étaient des ventouses, baissai le nez, regardai de côté, en l'air, partout, sauf dans sa direction, traînai les pieds comme un pedzouille et marmonnai :

– J'ai... j'ai en... j'ai entendu dire que vous é... étiez prof... dans le temps.

Silence.

– Et alors ?

La prunelle rivée sur le pin le plus proche, je dis entre mes dents :

– Je me demandais si vous pourriez me don... donner des cours. Il... il faut que je sois reçu à un examen d'entrée.

– Non. C'est hors de question.

Sur ce, il remonta dans sa voiture et franchit la grille.

Une fois qu'il fut parti, je me rendis compte que je m'étais planté en beauté. En vérité, j'en aurais pleuré. Je m'accoudai un moment sur le mur de pierre. Je ne pouvais retourner à la villa. Impossible. Ensuite, je m'assis, dos au mur. Pourquoi est-ce que je faisais toujours tout de travers ? Pourquoi rien ne se passait-il jamais comme il fallait ?

J'étais conscient que le temps fraîchissait. J'étais face à l'est et le ciel virait au gris anthracite. Le vent sifflait et bruissait à travers les pins. Je ne portais qu'un sweat-shirt trop large et un jean et je commençais à remarquer que l'herbe n'était pas si sèche que ça. Mais je ne pouvais me résoudre à bouger. Ce serait bientôt l'heure du dîner. Je n'étais pas retourné à la maison de toute la journée, et si je ne me montrais pas au repas du soir, j'aurais à subir ce que je détestais le plus : « Comment peux-tu manquer d'égards à ce point ? » « Comment peux-tu agir de façon si irresponsable ? » Ou encore, la mégaentourloupe : « La vérité, Chuck, c'est que tu ne penses qu'à toi. Tu te fiches pas mal des autres... Tu ne m'aimes pas. »

La tirade s'achevant sur m'man en pleurs et moi souhaitant être à dix pieds sous terre.

Finalement, la nuit tomba, mais je ne pouvais toujours pas bouger. Je relevai les genoux et posai ma tête dessus. Ce pauvre vieux St. Matthew's de troisième ordre m'apparaissait comme un rêve doré qui se serait évanoui. Alors, en mon for intérieur, j'abandonnai la partie. Rien n'avait plus d'importance. Ce genre de truc m'arrivait périodiquement. Tôt ou tard, je me secoue, ou encore, quelque chose me remet sur les rails, mais, pendant un moment, je ne suis pas là, si vous voyez ce que je veux dire – bien que, à mon avis, vous ne puissiez pas comprendre si vous n'avez jamais vécu ça. Mais c'est ce qui fait s'agiter çà et là les psys du bahut au grand complet, histoire de se montrer utiles. Quand je finis par émerger et que je les vois en train de continuer leur raffut et de bondir tous azimuts, je trouve ça généralement très drôle. Mais, avant, c'est comme si tout se passait sur une autre planète, et puis, de toute façon, quel intérêt ?

Je levai la tête et vis deux phares converger sur la grille. Je n'avais même pas entendu le bruit du moteur, mais McLeod et sa tire étaient de retour. Je l'observai tandis qu'il ouvrait la grille ; toutefois, au lieu de remonter dans sa voiture, il avança vers moi.

– Pourquoi n'es-tu pas rentré chez toi ? demanda-t-il de cette voix aiguisée comme un couteau.

Que pouvais-je lui dire ? Mon esprit tournait à vide. Alors, je ne dis rien et restai assis là comme un crétin.

– Lève-toi !

Je me mis debout, mais j'étais demeuré si longtemps en position assise que je trébuchai à moitié. Mon jean était mouillé partout où il avait été en contact avec l'herbe. Le vent nocturne était frisquet, comme toujours, par ici. Il faisait froid en moi et à l'extérieur de moi. Je me rendis compte que je devais rentrer à la maison et me plonger dans un bain chaud si je ne voulais pas choper une de ces crèves dont la région a le secret.

– Où habites-tu ?

– De... de... l'autre cô... côté du... du p... port.

Ce n'était pas un bredouillis, cette fois. Mes dents jouaient des castagnettes.

– Sais-tu que ça fait près de quatre heures que tu es là ? Qu'est-ce que tu as fabriqué ?

Comme je ne répondais pas, il me prit le bras comme s'il voulait l'écraser et me poussa en direction de la voiture.

– Monte !

Au lieu de faire demi-tour pour me ramener sur l'île, il franchit la grille et, sans s'arrêter pour la refermer, remonta le sentier.

Comme de bien entendu, le chien des Baskerville sortit pour nous saluer, aboyant comme s'il pouvait à peine attendre son dîner – moi.

– C'est bon, Mickey. Tais-toi !

Mickey. Et pourquoi pas appeler Câlin un tigre du Bengale ?

– Descends, dit McLeod, se penchant par-dessus moi pour ouvrir ma portière.

Quand je suis acculé, je peux me montrer hypercourageux, et avec McLeod bloquant une issue et Mort subite fourrant sa grosse mâchoire par ma vitre, avais-je le choix ?

– Allez, dit McLeod. Il ne te fera pas de mal. Pas tant que tu es avec moi.

Je sortis. Mickey se dressa de toute sa taille. Sa voix de Jugement dernier recommença ses aboiements. Je fermai les yeux.

– Assis ! dit McLeod.

Je rouvris les yeux. Mickey était assis sur son derrière, sa tête à hauteur de mes épaules, sa langue pendant comme une tranche de bacon.

– Tu viens ? dit McLeod, debout devant la porte ouverte.

Bien plus tard, m'man ou quelqu'un d'autre me demanda à quoi ressemblait la maison à l'intérieur. De mémoire d'homme, personne n'y était jamais allé. Tout ce qu'on savait, c'était qu'elle avait longtemps appartenu à la même famille. Mais aucun des villageois actuels n'y avait mis les pieds. J'ignore à quoi ils s'attendaient. À l'antre de Dracula ? À des toiles d'araignées descendant du plafond ?

De toute façon, je n'étais guère en état de remarquer quoi que ce fût ce soir-là.

– Va jusqu'au bout du vestibule, dit-il comme je trébuchais sur le seuil. La lumière est allumée. Je te rejoins dans une minute.

La porte donnait sur une entrée plus petite qui menait à la cuisine. C'était une pièce spacieuse, au sol de pierre et au plafond bas. Une lampe ancienne, suspendue à une poutre, dispensait une lumière jaune. Il y avait un évier sous une fenêtre d'un côté, une grande table au centre et une chaise. De l'autre côté, il y avait ce que m'man aurait appelé un vieux fourneau en fer avec une grille de foyer ouverte, d'où émanait une délicieuse chaleur. Je m'y précipitai et m'apprêtais à glisser mes fesses sur le dessus brûlant quand la porte s'ouvrit à la volée et que le chien entra d'un bond. À ma vue, il pila. Un grondement sourd enfla dans l'énorme gorge. J'étais pétrifié. McLeod suivit, portant un verre empli d'un liquide ambré.

– Du calme, dit-il à Mickey. (Et, à moi :) Bois ça.

Et il me tendit le verre.

J'avalai, et le liquide me brûla le gosier.

– À présent, tu vas monter à l'étage. La salle de bains se trouve en haut de l'escalier. J'ai fait couler un bain bien chaud. Restes-y suffisamment longtemps pour te réchauffer. Ensuite, sèche-toi et passe les vêtements que j'ai préparés. Ils vont être trop grands, mais il faudra faire avec. Puis tu redescendras. Allez, file !

Je ne discutai pas, soit parce que le breuvage m'avait ramolli, ou que j'avais trop froid, ou encore à cause d'un je-ne-sais-quoi dans sa voix.

Je redescendis au bout d'une vingtaine de minutes, réchauffé, sec et plutôt somnolent. Le pull bleu marine que j'avais enfilé était comme une tente. J'avais retroussé le pantalon à mi-mollet et avais dû utiliser la ceinture que McLeod avait sortie, mais il devait être plus mince que je ne le pensais, car les vêtements n'étaient pas si amples que ça, tout compte fait. Je portais à la main mes frusques trempées.

Quand je revins, il se tenait debout devant la fenêtre qui surplombait l'évier ; il contemplait la mer en contrebas, me présentant son profil. Dans la semi-clarté de la lanterne et sous cet angle-là, son défigurement n'était pas très visible. Ce qui lui était arrivé, quoi que ce fût, n'avait pas touché les os du visage, qui étaient puissants – nez légèrement aquilin, front haut et mâchoire ferme. Puis il se retourna et se métamorphosa de nouveau en Quasimodo. Ce n'était pas seulement l'horrible couleur rouge ; il y avait ces cicatrices, réunies ou éparses, comme une carte en relief.

– Ça va ? dit-il.

Je hochai la tête.

– Oui, merci.

– Il y a du thé sur la table. Bois-le.

Je n'aimais pas des masses qu'on me commande, mais je ne protestai pas. Le thé était chaud, sucré, fort et il y avait du lait dedans. L'un dans l'autre, c'était bon et cela m'éclaircit les idées. Je me souvins de la raison de ma présence.

– Tu pourras laisser les vêtements à l'épicerie, dit-il. Je les prendrai la prochaine fois que je ferai des courses. À présent, je vais te reconduire chez toi.

– Écoutez, à propos des cours particuliers... commençai-je, au désespoir.

– J'ai dit non.

Il baissa la lampe et se dirigea vers la porte. Ce que j'avais vaguement pris pour une grande carpette devant le feu se leva et se transforma en Mickey. Que pouvais-je faire ? Je traversai la maison et franchis la porte d'entrée à leur suite. Mickey reçut l'ordre de rester assis sur le perron et McLeod et moi descendîmes le sentier qui menait à la grille.

Nous suivions la route escarpée de la falaise, avec l'océan loin en contrebas et les lumières du village qui épousaient la courbe du petit port, quand je dis une chose stupide, même pour moi :

– Je vous paierai. Papa m'a laissé de l'argent et j'ai fait pas mal d'économies. Tout est à vous, si vous voulez. Cela représente plus de trois mille dollars.

– Je ne veux pas de ton argent.

Il le dit sur un ton de voix parfaitement ordinaire, mais j'eus honte.

– J'ai... j'ai dit quelque chose de mal ?

– Je ne sais pas. À ton avis ? En avais-tu l'intention ?

– Non. Sincèrement. C'est juste que...

Ma voix s'estompa. Expliquer m'man – sans parler de Gloria –, le sentiment que le coin où j'étais devenait de plus en plus exigu, Gloria à la maison tout l'hiver prochain, et le suivant, et celui d'après... Comment pouvais-je expliquer tout ça ?

C'est là où les filles chialent, je suppose, et, l'espace d'un instant, j'eus envie de pleurer, si pleurer pouvait balayer cette sensation qui m'oppressait de plus en plus. Mais je ne pus verser la moindre larme. Je baissai la vitre pour laisser l'air me rafraîchir le visage et fixai le sombre mur d'arbres qui défilait.

Peu après, McLeod dit :

– C'est quoi, cet examen ?

– St. Matthew's.

– Pourquoi est-ce si important pour toi d'y aller ?

Quand j'étais monté chez lui, j'avais élaboré un scénario détaillé, ce que je dirais, et ainsi de suite. Mon histoire aurait ému la tombe de Grant. À présent, grâce au brandy ou au whisky qu'il m'avait fait boire, tout était désespérément confus. Je m'efforçai de retrouver les phrases viriles et franches que j'avais assemblées. Rien ne vint.

– Eh bien ? dit-il, l'air exaspéré.

Je devais dire quelque chose, sûr, même si je pensais qu'il n'avait pas la moindre intention de changer d'avis. Il allait sans doute croire que c'était une grosse plaisanterie, ce crétin ? Mais avais-je le choix ?

Je respirai à fond.

– Parce que j'en ai marre de vivre à la maison avec trois bonnes femmes, ma mère et mes deux sœurs. Et en plus, elles sont toutes les deux plus intelligentes que moi et n'obtiennent que des A... mes sœurs, je veux dire. Je croyais que Gloria, ma sœur aînée, celle qui... Bref, elle devait aller dans un pensionnat. Maintenant, elle a changé d'avis. Elle va être à la maison tout l'hiver, et l'année prochaine, et celle d'après. À m'embêter. À me rabaisser. À se moquer de tout ce que je fais. Quand j'aurai dix-sept ans, je m'engagerai dans l'armée de l'air. Mais ça, ce sera dans trois ans, et je n'en peux plus.

– Je vois, dit-il. Comment t'appelles-tu ?

– Charles Norstadt.

Il mit la voiture en prise et nous descendîmes vers la péninsule, puis tournâmes à droite sur la route qui suivait la boucle du port avant de passer devant notre villa, de l'autre côté.

– Bon. Je vais te donner des cours. Mais tu devras te plier à mes méthodes, et ce ne sera pas facile. Tu as déjà dû te présenter à l'examen. St. Matthew's n'accorde pas d'examen de repêchage, sauf exception. Je suppose que tu l'as raté ?

– Oui, murmurai-je, terrifié à l'idée qu'il pût se raviser.

– L'avais-tu préparé ?

– Non.

– Pourquoi, si tu tenais tant à aller dans cette école ?

De nouveau, j'expliquai le revirement de Gloria.

– Ce n'était pas très prévoyant de ta part, non ?

– Non. (Redoutant comme je le redoutais qu'il ne revienne sur sa décision, je sentis que je ferais aussi bien d'éclaircir un point d'entrée de jeu.) Je ne suis pas très intelligent. Pas autant que mes sœurs, en tout cas.

– Qui t'a dit ça ?

– Pratiquement tout le monde... En plus, j'ai passé des tests à l'école.

– À quelle école allais-tu ?

Je le lui dis. Il ne répondit pas.

Puis :

– Au fait, où habites-tu ?

– La première villa sur le continent, après la jetée des canots.

Il s'arrêta à quelques mètres de la maison.

– Très bien. Sois chez moi demain à huit heures. Je te dispenserai trois heures de cours le matin, cinq jours par semaine, et je te donnerai assez de devoirs pour t'occuper trois autres heures. En d'autres termes, cela fera six heures par jour durant ce qui devrait être tes vacances. Ce sera dur. Mais si jamais je m'aperçois que tu n'as pas fait les devoirs que je t'aurai donnés, tu ne reviendras pas. Es-tu sûr que le jeu en vaille la chandelle ?

Et voilà ! Avec mon pot habituel, je m'étais dégoté un second Hitler.

Réprimant l'envie de dire *Sieg Heil,* accompagné d'un petit salut du bras, comme dans les films, je dis :

– Oui... monsieur.

Je compris aussi sec qu'on allait passer un charmant été, lui et moi. Mais il n'avait pas besoin de moi. Tandis que moi, j'avais besoin de lui. Et tous deux le savions. Et, pour couronner le tout, j'aurais à le regarder trois heures par jour cinq jours par semaine. Je sais que ça paraît assez horrible de dire ça, comme de ne pas vouloir être vu en compagnie d'un infirme. Mais c'était plus fort que moi. Sauf que c'était malgré tout moins horrible que d'être en face de Gloria pendant les trois années à venir.

– Où étais-tu ? demanda m'man tandis que j'entrais dans la cuisine par la porte de derrière. Tu sais l'heure qu'il est ?

– Neuf heures, répondis-je, conscient qu'il en était dix passées et tâchant de traverser la pièce aussi vite que possible.

– Dix heures et demie. Et ne t'en va pas quand je te parle. Tu as dîné ?

– Oui, mentis-je, poursuivant toujours ma route vers l'escalier de derrière.

– Où ?

Mon cerveau tournait à plein régime ; parce que, jusque-là, il ne m'était pas venu à l'esprit que je n'allais pas lui parler des cours particuliers de McLeod. Mais c'était comme si la décision était déjà prise et il ne me restait plus qu'à trouver un prétexte plausible pour expliquer que je sois resté dehors si tard et que je débarque dans des frusques bizarres. Au passage, j'avais suspendu les miennes sur la corde à linge, dans la cour.

– Et à qui sont ces vêtements ? demanda Gloria, comme si elle avait lu dans mes pensées.

– À Pete Lansing. Je suis tombé du quai et Barney me les a prêtés.

Barney était le frère cadet de Pete. Pete combattait au Viêt-nam et, par conséquent, il n'était pas là pour répondre aux questions. Et Barney jouerait les imbéciles. En outre, il devait partir d'un jour à l'autre dans un camp de vacances.

– Tu pourrais quand même faire attention, dit m'man. Tu aurais pu heurter un rocher de la tête et te blesser pour de bon. Ici, ce n'est pas la Floride, ni Long Island, avec leurs fonds sableux.

– Encore faudrait-il qu'il ait quelque chose à se blesser dans la tête, dit Gloria avec un accent traînant, telle une héroïne interprétée par Bette Davis. (Elle zyeuta le pantalon de McLeod.) J'ignorais que Pete fût si grand. Et on pourrait en mettre deux comme lui dans le pull.

– Le fait d'être loin de toi a peut-être suffi pour que ses vitamines fassent de l'effet, dit Meg, à ma stupéfaction.

Attablée, elle lisait tout en buvant du lait malté et en piochant consciencieusement dans une boîte de biscuits au chocolat. Pete Lansing, en effet, avait naguère paru en pincer pour Gloria, comme tous les autres garçons plus âgés. Mais aucun d'eux n'avait persévéré. Ce qui était une des raisons pour lesquelles notre Gloria se montrait si revêche. Ou peut-être était-ce l'inverse.

– Continue donc de te gaver, dit Gloria à Meg, et tu n'attireras pas le moindre type !

Meg prit un autre biscuit. Mais je la vis rougir. Un prêté pour un rendu.

– Il se peut qu'elle en attire moins que toi, dis-je d'un ton plein de sous-entendus, mais je te parie ce que tu veux que celui qui l'aimera l'aimera pour la vie. Et puis, on peut toujours maigrir, alors qu'il n'y a pas grand-chose à faire pour améliorer un caractère naturellement acariâtre.

À l'inverse de Meg, Gloria ne vire pas au rouge pivoine quand elle est furieuse, elle pâlit. L'espace d'une minute, elle ressembla à du lait écrémé. Elle se leva.

– Voyons voir l'étiquette de ce fute, dit-elle, lançant la main vers moi.

C'était sacrément bien joué. Pete était snob en ce qui concernait ses jeans, qu'il appelait des Levi's. Il lui fallait impérativement l'authentique jean de cow-boy. Il les achetait à Jackson, dans le Wyoming, où il avait travaillé dans un ranch chaque été avant de s'engager dans l'armée. J'ignore où McLeod avait acheté celui que je portais, mais les chances qu'il provînt de Jackson, Wyoming, étaient équivalentes à zéro.

Il y avait une règle sur la table. Pourquoi ? Mystère. Mais elle était là, tel le serpent dans le jardin d'Éden et, bien sûr, je la pris et j'en donnai une tape sur la main de Gloria. Je suppose que mon coup fut plus fort que prévu...

Tout ce que je peux dire à propos de ce qui suivit, c'est que personne ne s'occupa plus de savoir où j'étais allé et ce que j'avais fait.

M'man m'infligea un sermon qui me parut durer une demi-heure tandis qu'elle baignait la main de Gloria et épongeait le sang de la coupure qui lui entaillait la paume. La mince plaque d'acier qui bordait la règle lui avait mordu les chairs, et il était inutile que je dise que je ne l'avais pas fait exprès. Avec Gloria qui sanglotait comme si on venait de l'agresser avec un couteau à cran d'arrêt et m'man qui ne tarissait pas sur mon méchant caractère, et les conséquences qu'il avait eues sur mon père, qui écoutait ?

– Tu vas présenter des excuses à Gloria, tu m'entends ? dit m'man alors que je tentais de nouveau de filer par l'escalier de derrière. Si tu refuses, nous allons monter et rester dans ta chambre jusqu'à ce que tu obtempères !

J'aurais voulu leur dire : « Eh bien, restez-y donc ! » Mais m'man savait depuis belle lurette que c'était la seule menace qui me faisait de l'effet. Tout le reste de la maison – ou de l'appartement de New York – leur appartenait. Ma chambre était à moi, et je payais le prix, en général des excuses, pour maintenir le statu quo. Je me retournai et redescendis les marches.

– Je m'excuse, dis-je, mentant effrontément et les doigts croisés derrière le dos.

J'espère que tu vas attraper le tétanos et en crever, fis-je en mon for intérieur. Puis une espèce de terreur superstitieuse s'empara de moi. *Je ne pensais pas ce que j'ai dit, mon Dieu,* ajoutai-je à la hâte. *Annulez mon sou-*

hait, s'il vous plaît ! Je ne voulais pas avoir ça sur la conscience.

Au milieu de ce que Boule de poil avait coutume d'appeler ce *Sturm und Drang,* ce brave Barry Rumble Seat poussa la porte grillagée et entra.

– Salut tout le monde ! dit-il comme si on était dans la lumineuse quiétude du plein après-midi.

– Hello, dit Meg.

– Bonjour, mon petit cœur.

Meg est folle de Barry. Pourquoi, je l'ignore, à moins qu'il ne s'agisse de la prétendue solidarité entre les êtres qui souffrent. Tous deux sont obèses. Elle lui adressa son plus éclatant sourire, qui, en dépit de son appareil dentaire et des miettes de chocolat, dégageait au moins cent mille volts.

Il lui sourit en retour.

– Que se passe-t-il ?

Ma foi, avec le sparadrap qui envahissait la table, la cuisine qui empestait l'hosto à cause du désinfectant et Gloria barbouillée de larmes en train de jouer la scène du viol, je me demande comment il pouvait poser la question. Mais c'était l'entrée en matière que Gloria la Victime avait dû implorer le ciel de lui fournir. Tandis que je m'esquivais, elle entonna son refrain favori.

– Il faut absolument faire quelque chose au sujet des agressions paranoïdes de Chuck. Avec ses antécédents et un père comme le sien...

J'entrai dans ma chambre et réussis de justesse à ne pas claquer la porte. Gloria, la vache, elle sait où planter ses banderilles, ce qui est une des raisons pour lesquelles elle est si universellement aimée...

Je shootai dans la corbeille et restai planté à regarder les bouts de papier, les emballages de sucreries et les cosses de cacahuètes ricocher sur les murs et retomber en pluie sur la carpette élimée ; songeant à quel point tout était hyperdégueulasse. Six heures de boulot quotidien, Himmler McLeod, et si tout se passait bien, un pensionnat minable à l'automne où on vous envoyait probablement à la chapelle au pas de l'oie une demi-douzaine de fois par jour.

Mais tu as eu ce que tu voulais, dit, à l'intérieur de mon crâne, la voix de Judas qui se fait toujours entendre quand je suis sur le point de me vautrer dans ma tristesse.

Au cours de la nuit, je réfléchis à ma décision de ne pas dire à m'man ou à Gloria que McLeod allait me donner des cours. Je pouvais le dire à Meg, vu que c'était son idée. Mais à personne d'autre, car, dans une colonie estivale comme la nôtre, il y aurait un effet de boomerang en moins de vingt-quatre heures. J'ignore pourquoi je réagissais si fort à propos de ces cours, en dehors de la raison habituelle qui était que si Gloria découvrait qu'une chose me tenait à cœur, elle s'employait à tout foutre en l'air.

On pourrait croire, étant donné les sentiments que nous avons l'un pour l'autre, qu'elle serait *heureuse* de me savoir en pension quand elle est à la maison. Faux. La seule chose que j'arrive à piger, c'est qu'il y a un problème de pouvoir entre elle et moi. Une fois, il y a longtemps, alors que Gloria m'avait joué un de ses sales tours habituels, je demandai à m'man :

– Pourquoi elle agit comme ça avec moi ? Je veux dire... qu'est-ce que je lui ai fait ?

M'man était en train de repasser et je crois qu'on était ici, sur l'île. Je me rappelle qu'elle portait un short et une longue chemise rose laissée par un de ses maris. Parole... avec ses cheveux sombres dénoués, elle semblait plus jeune que Gloria – plus jeune que Meg à l'issue d'un régime amaigrissant couronné de succès. Bref. Elle repassa encore une minute, puis dit :

– Tu es né, Charles, voilà ce que tu lui as fait.

– Mais ce n'est pas ma faute.

– En effet. Cependant, à trois ans, l'âge qu'elle avait au moment de ta naissance, elle l'ignorait. Tout ce qu'elle savait, c'est que quelqu'un était arrivé pour accaparer à son détriment non seulement mon attention, mais encore celle de son beau-père tout neuf avec lequel elle avait déjà entamé un flirt.

– Mais elle détestait mon père ! Elle n'arrête pas de me répéter quel pauvre crétin c'était... Comme toi.

J'eus l'étrange impression que j'avais été à deux doigts d'avoir la clé de mes relations avec m'man. Pendant quelques instants, elle parut terriblement triste, comme affligée. Quand elle a cet air-là, je suis saisi d'une curieuse envie de la protéger ; je dois prendre sur moi et me souvenir que si je cède, les portes vont se fermer dans un fracas métallique et se verrouiller derrière moi. Alors, je serrai les dents et ne dis rien.

– Charles... je n'ai jamais pensé... Je ne voulais pas...

Je voulais lui dire qu'il n'y avait pas de problème et que je m'en fichais. (Me ficher de quoi ? Je n'en savais rien, mais peu importait.) Je voulais l'embrasser sur la joue et lui dire que j'allais m'occuper de tout. Oui, je le fis. Incroyable, mais vrai. Je m'en souviens très bien... Puis la porte s'ouvrit et Gloria entra. Le visage de m'man se ferma. Elle se détourna pour prendre un autre truc à repasser et, quand elle me refit face, elle dit seulement :

– Nous n'avons pas toujours éprouvé ces sentiments-là envers lui.

Nous, pensai-je. Soudain, Gloria et elle formaient de nouveau équipe. Elles étaient dans un camp, p'pa et moi on était dans l'autre, et les deux étaient inconciliables, et toute cette merde. Sauf que le jeu est un peu faussé, étant donné que je me rappelle à peine mon père. J'ai le souvenir d'un homme grand et costaud, aux cheveux aussi blonds que les miens, et d'un sourire, et qu'il me juchait sur ses épaules, qui semblaient se trouver à deux kilomètres au-dessus du sol. Il se tenait dos tourné à l'océan. Je me rappelle davantage ce que je ressentais que les détails de la scène. Ce que je ressentais, c'était du bonheur. Comme si tout était lié à tout et avait un sens.

Bref, mis à part ma sœur marginale, je devinais que ce ne serait pas une bonne idée d'annoncer que j'allais frayer avec l'Homme sans visage. Les gens se méfiaient de lui et m'man est conformiste. Elle n'apprécie pas les excentriques. Or, McLeod était définitivement répertorié dans cette catégorie-là.

Mes absences dans la journée ne feraient pas de vagues – j'étais presque toujours levé et parti avant tout le monde, à traînasser sur le port avec mes copains. La plupart du temps, je ne regagnais pas la base avant l'heure du dîner. Ainsi, il n'y aurait pas de problème de ce côté-là. Tout baignait, semblait-il. À présent, il ne me restait plus qu'à monter chez McLeod les bouquins que j'avais emportés sur l'île, et il y en avait une flopée.

3

M'étant reposé çà et là en cours de route, j'arrivai en nage à la grille de McLeod à sept heures et demie le lendemain matin, trimbalant mes livres dans deux cabas que j'avais chipés dans la cuisine.

Après avoir soufflé un brin, je poussai la grille et j'entamai l'ascension du sentier. Comme de juste, il y eut un grondement familier, horrifique, et mon grand copain Mickey surgit du virage. Je restai cloué sur place.

– Brave Mickey, dis-je, plaçant mes espoirs dans la flatterie.

L'énorme bête fonçait droit sur moi. Je fermai les yeux. Et ce fut le silence. J'étais conscient d'être encore en vie car je sentais battre mon cœur. Je rouvris les yeux au ralenti. Mickey était assis à soixante centimètres de moi, langue pendante, oreilles pointées, tête penchée. Six mètres environ derrière lui, il y avait McLeod. Sur un cheval.

– Tu es en avance.

– Oui.

– Qu'y a-t-il dans ces sacs ?

– Mes bouquins de classe.

– Il était inutile que tu les apportes. J'en ai d'autres.

Ravi de l'apprendre, pensai-je. Le cheval de McLeod était sacrément nerveux. Il ne cessait de reculer, de marcher en crabe et de secouer la tête, ce qui était bizarre, vu que ses rênes étaient lâches. Je levai les yeux pour voir si McLeod portait un éperon – ce qui aurait bien été dans sa manière –, mais non. Le cheval, un bai, était magnifique. Ma passion pour les chevaux vient en deuxième position, juste après les avions.

– Pourquoi votre cheval est-il si nerveux ?

– Parce que tu es là. Il n'aime pas les étrangers. Va à la maison.

On voit tout de suite à quel point ce mec est psychotique, pensai-je tandis que je transbahutais les livres en haut de la pente à quatre-vingt-dix degrés. D'accord... quarante-cinq, au bas mot. Je monte depuis toujours lorsque l'occasion se présente, et j'ai observé que c'est le cavalier qui rend un cheval nerveux, et non un inoffensif spectateur – surtout quand celui-ci est déjà sous la menace du meilleur ami de l'homme, j'ai nommé Mickey.

Peu après, j'émergeai du dernier bouquet d'arbres. À la lumière du jour, j'avais une vue parfaite du promontoire, avec la maison dessus, et c'était vraiment quelque chose. Du moins le panorama. La maison donnait droit sur l'Atlantique, qui, ce matin-là, sous les premiers rayons du soleil, avait des allures de gaze pourpre, un peu floue à l'horizon. D'où je me tenais, le haut de la falaise semblait avancer à demi dans le ciel. Au-dessus, rien – les rochers, la péninsule, le port et le village, que je savais loin à main droite – n'était visible. Entre la maison et moi s'étendait une large bande d'herbe, que tachetaient çà et là quelques arbres noueux et tordus en arrière.

La demeure était vieille; ça se voyait au toit, aux fenêtres et à la passerelle courant à son sommet. Et, peut-être parce qu'il lui aurait fallu un coup de peinture, cette baraque avait un je-ne-sais-quoi qui me faisait gamberger sur cette « promenade des Veuves » et songer à quelque femme qui, des heures durant, des jours, voire des années, la parcourrait en scrutant les flots dans l'espoir d'apercevoir un navire qui ne devait jamais revenir. C'était ce genre de maison-là.

J'étais là à bayer aux corneilles (et à souffler pour la énième fois) quand j'entendis un bruit de sabots derrière moi sur ma gauche. Je me retournai et vis McLeod faire franchir au bai une barrière entre deux arbres, au bout de ce qui paraissait être un sentier serpentant parmi les arbres dans une autre direction. Puis il gagna au petit galop une grange attenante à la maison. Il sauta à bas de sa monture et mena le cheval à l'intérieur.

Il reparut et se dirigea vers la porte d'entrée. Je l'y attendais.

– C'est ouvert, dit-il d'un ton cassant.

Je poussai le battant et pénétrai dans le vestibule, que je me rappelais vaguement de la veille au soir. À la lumière du jour, il me sembla moins spacieux. Un plancher de chêne à larges lames, l'escalier. Pas de tapis, juste un coffre le long d'un mur.

– À gauche, dit McLeod, surgissant derrière moi.

Nous rentrâmes dans une vaste pièce. L'extérieur de la maison était peut-être miteux, l'intérieur était chouette. C'est-à-dire, si on aimait les livres. Il y en avait deux murs pleins. Il y avait aussi un grand bureau près des fenêtres qui surplombaient la falaise, une table et deux larges fauteuils.

– Pose tes livres sur la table, dit McLeod.

Il portait un pull gris et une espèce de pantalon noir rentré dans des bottes. Difficile de lui donner un âge. Il était mince, sportif, mais avait le cheveu poivre et sel ; des rides sillonnaient la moitié de son visage qui n'était pas de la viande crue. Quarante berges, peut-être ; peut-être cinquante.

Je hissai les cabas sur la table et les vidai de leur chargement. McLeod examina les livres.

– Bon, dit-il au bout d'un moment. (Il alla jusqu'au bureau et ouvrit un tiroir.) Voici du papier. Rédige-moi trois cents mots sur le sujet de ton choix.

Paf ! D'un coup, d'un seul, il atteignait un nerf. Je n'aime pas écrire – du moins, pas dans le cadre de l'école.

– Mais ça n'a rien à voir avec... (d'un geste de la main, je désignai les livres)... avec ce que je dois savoir.

– Je croyais que tu avais accepté mes conditions.

– Oui, mais...

– Mais quoi ?

– Je dois bosser les sciences sociales, les maths, le latin et l'anglais.

– C'est une dissertation d'anglais, non ? (Silence.) Tu as déjà fait des dissertations ?

– Ça remonte à un bail... Et puis, on ne me demandera pas d'en faire une à l'examen.

– Comment le sais-tu ?

– On ne me l'a pas demandé la dernière fois.

– Très bien, Charles. Ramasse tes livres. Je vais te raccompagner jusqu'au pont de la péninsule.

Nous restâmes quelques instants silencieux ; je le haïssais. Mickey, couché devant la cheminée éteinte, repéra une puce et entreprit de s'en occuper. Je songeai à l'armée de l'air, me demandant si, en me bourrant de vitamines et en m'entraînant tout l'été, je pourrais leur faire croire que j'avais dix-sept ans. Je connaissais la réponse. Non.

– Nous marchons selon mes conditions ou sinon adieu, dit McLeod, des fois que je n'aurais pas pigé – ce qui n'était pas le cas.

– J'ai vraiment pas mon mot à dire ?

Je connaissais aussi la réponse à cette question-là. Pour qui se prenait-il, bon Dieu ? Pour un prof, naturellement, une espèce dont j'avais oublié l'existence. Apprenez selon mes méthodes ou sinon...

– Très bien, dis-je en fixant la table.

– Regarde-moi !

Je fis ma tête de lard.

– Je t'ai dit de me regarder.

Ce n'est pas qu'il eût haussé le ton, mais, en dépit de mon obstination à ne pas obtempérer, je levai brusquement et brièvement le nez.

– Maintenant, écoute-moi, Charles. Je ne le répéterai pas. J'ai accepté de te donner des cours dans un moment de... pitié... qu'à présent je regrette. Mais je ne reprendrai pas ma parole. Et si tu restes, tu devras tenir la tienne. Je n'ai pas l'intention de m'expliquer sur mes méthodes d'enseignement. Peu m'importe ton opinion. Je me moque que tu m'aimes bien ou que tu me détestes. Mais tu vas réussir cet examen, et si, à un moment donné, je pense que tu risques d'échouer, parce que tu n'auras pas fait ce que je t'ai dit, nous arrêterons là. Est-ce clair ? Acceptes-tu ? Parce que si tu n'acceptes pas – sans restriction –, tu peux t'en aller tout de suite.

« Pitié » était délibéré ; même au plus profond de ma fureur, je le savais. Et l'asticotage, les brimades me prouvaient on ne peut plus clairement qu'il voulait faire marche arrière. Seulement, il manquait de tripes pour me dire qu'il avait changé d'avis. Les gens de son espèce refusent toujours d'admettre qu'ils ont retourné leur veste. Ils vous chargent de faire la besogne à leur place. Je compris qu'en un sens il avait bel et bien décroché la timbale : il avait réussi à me rendre Gloria presque sympathique. Mais, pour le moment, Gloria avait cessé de jouer les premiers rôles. Puis je me mis à tout débrancher en moi-même... tout me prenait tellement la tête. J'avais conscience d'être en train de couper le circuit. Les choses commençaient à ne plus faire aussi mal. Je m'éloignais, par l'esprit, du moins, et il m'observait. Sur la partie de son visage vierge de cicatrices, une ligne courait de la base du nez jusqu'à la commissure des lèvres. Cela lui donnait l'air faux jeton d'un serpent, conclus-je. Et ses yeux, profondément enfoncés dans les chairs brûlées, étaient si pâles que c'était comme regarder le néant par une fenêtre. J'entendis ma voix, venant de très loin.

– Je reste.

– Pourquoi ?

Parce que je ne peux pas vous voir en peinture, voilà pourquoi.

– Je veux réussir mon examen.

– Tu en es certain ?

– Oui. Certain.

Ce fut étrange de constater à quel point je me sentais paisible, tout à coup.

Il hocha le menton en direction des feuilles de papier ligné.

– Très bien. Trois cents mots.

Je me tapai ses trois cents mots merdiques, assis à la table tandis que, installé dans l'un des confortables fauteuils de cuir, il feuilletait de nouveau les livres que j'avais apportés ; Mickey, couché devant l'âtre vide, était pris de ronflements et de soubresauts quand il rêvait qu'il chassait des lièvres, ou, plus probablement, des gens. Ma seule galère, c'était de réduire les mille mots de la dissertation originale de Jake Rodman, le frère aîné de Joey, à trois cents.

La dissert avait valu un prix à Jake dans son école, qui, par bonheur, n'était ni celle de Joey ni la mienne, et sa mère, fière comme un paon, l'avait conservée. Je l'avais déjà utilisée à trois reprises avec trois profs différents – en changeant chaque fois le titre – et, à la première, je m'étais entendu dire qu'enfin je faisais preuve non seulement de talent créateur, mais encore de maturité de ma conscience sociale. Le titre original en était : « Pourquoi il faut changer le système. » Quand Jake l'avait pondue, on l'avait publiée dans le journal de son bahut et des types de dernière année l'avaient commentée devant tous les élèves, les profs et les parents assemblés. C'était vraiment un mégatruc. Ses parents, aux anges, lui avaient offert un voyage en Europe et l'école l'avait persuadé de remplir une demande d'inscription pour Harvard, qui l'avait acceptée. Comment aurais-je pu faire mieux ? Joey me l'avait proposée alors que j'étais sur le point de me trancher la gorge à cause d'une dissert que je n'arrivais pas à ficeler. Il disait que personne ne s'en apercevrait. J'avais donc changé un mot par-ci par-là, juste au cas où, et remis mon devoir au prof.

Bon sang ! Que de fleurs ! Même notre section junior du S.D.S.[1] eut l'air impressionné. C'était vachement planant. Alors, quands j'eus une autre dissert à faire l'année suivante, en anglais, je modifiai de nouveau trois ou quatre mots, je changeai le titre derechef, j'ajoutai une longue citation que Joey avait dégotée dans le dernier numéro de *Ramparts* et je rendis ma copie. Le devoir obtint également un A – le second de ma vie. Le prof d'anglais ne s'intéressait pas autant aux activités scolaires que son collègue des sciences sociales, parce que, ainsi qu'il nous l'expliqua, il était en analyse et que, de l'avis de son psy, il devait essentiellement diriger sa libido sur les séances de psychodrame auxquelles il assistait tous les soirs. C'était après qu'il se fut endormi en cours, tandis que nous lisions à haute voix le poème de Ginsberg « Hurlement » et discutions sa pertinence par rapport à la révolution actuelle. Il se trouva un ou deux élèves réac pour suggérer qu'il était peut-être accro à l'herbe, mais les chefs responsables les réduisirent au silence par leurs vociférations et leur dirent que, s'ils continuaient à foutre leur merde contre-révolutionnaire, ils ne quitteraient pas entiers la cour de l'école. Quoi qu'il en soit, sa libido étant occupée ailleurs, le prof ne fit pas grand cas de ma dissert – il ne la lut pas à haute voix ou un truc dans ce goût-là –, ce qui était aussi bien, car un tas d'élèves l'auraient reconnue aussi sec. Il se contenta de me donner un A. Ainsi encouragé par ce succès et sentant qu'il n'y avait pas de raison d'abandonner ce qui, à l'évidence, était un filon, je la resservis au nouveau prof d'histoire contemporaine.

(1) Students for a Democratic Society : groupe estudiantin révolutionnaire des années 60-70. *(N.d.T.)*

Au vrai, une fois que les choses se furent tassées, que m'man eut été convoquée dans le bureau du proviseur et que j'eus de nouveau fait la ronde des psys du bahut, je compris que j'avais poussé trop loin le bouchon et qu'il y avait un fond de vérité dans ce cliché éculé : *De la modération en tout.*

N'empêche, Quasimodo-Ivan le Terrible-McLeod n'y avait pas été exposé et, désormais, je connaissais la dissert par cœur. Or donc, faisant d'occasionnelles pauses pour plisser le front en direction de la cheminée ou pour mâchonner le bout de mon stylo, histoire de corser l'effet, juste au cas où il regarderait, je mis le vieux ragoût à réchauffer et le servis.

C'était une erreur, et je compris instantanément que j'aurais dû m'en douter. McLeod parcourut le texte à la vitesse de l'éclair.

– Ainsi, fit-il, sa lecture achevée, tu es un philosophe des problèmes sociaux. Qui l'eût cru ?

La prudence me conseillait de la boucler.

– Il est fort dommage que ta maîtrise de la grammaire et de l'orthographe n'égale pas ta compréhension des problèmes contemporains.

Bon, là, je pouvais répondre.

– La grammaire est une invention raciste pour empêcher le peuple de s'exprimer.

– Vraiment ? Dans ce cas, je crains que tu ne doives, ou abandonner tes principes révolutionnaires en ce qui concerne la grammaire et l'orthographe, ou renoncer à ton idée d'entrer à St. Matthew's. Que vas-tu choisir ? Ils sont extrêmement réactionnaires à propos de choses telles que la grammaire et l'orthographe.

– Je croyais que St. Matthew's avait la réputation d'être un établissement de troisième ordre... Que tout le monde, ou presque, pouvait y entrer.

– Pas toi, apparemment.
– Oh, vous voyez ce que je veux dire.
– Tu veux dire une école où tu peux t'en tirer avec la camelote que tu as l'habitude de fourguer dans ton lycée actuel... Comme ceci, par exemple.
Et il lança les feuilles sur la table.
Je tâtai le terrain en douceur.
– En d'autres termes, vous jugez ça mauvais ?
– Bon ou mauvais, la question n'est pas là. Ce n'est pas toi qui l'as écrit.
Tout juste, Auguste. Mais comment le savait-il ? Aucun des profs à qui j'avais présenté la dissert ne l'avait deviné, pas même le dernier, jusqu'à ce que, dans son enthousiasme premier, il se soit mis à la lire à la classe et eût obtenu une rétroaction instantanée.
– N'est-ce pas ?
Les étranges yeux pâles me vrillèrent par-dessus des bouffissures de chair rouge.
– Non.
– Qui l'a écrit ?
– Jake Rodman. C'est le frère aîné de mon meilleur ami, Joey. Il est à Harvard, maintenant.
J'ignore pourquoi j'ajoutai ce détail, peut-être pour lui montrer que je ne pompais que sur la crème. Il me surprit par un rire bref, sauf qu'il y avait dedans plus de causticité que de jovialité.
– Si, à l'avenir, tu me rends encore un devoir copié, les vieilles règles précédemment énoncées s'appliqueront. Dehors. Rappelle-toi, le choix t'appartient. Veux-tu apprendre ou non ? Ce n'est pas moi qui suis allé te chercher. Lequel de nous deux fait une faveur à l'autre ? (Après un silence, il dit :) As-tu déjà écrit quelque chose d'entièrement original ?
Rebelote avec le nerf sensible.

– Oui.
– De quoi ça parlait ?
Voyant que je ne pouvais esquiver la question, je dis avec circonspection :
– D'un avion, traité comme si c'était une personne ; comment il avait commencé et ce qu'il avait ressenti lors de son premier vol.
– Et alors ? Qu'est-il arrivé ? Qu'est-ce que cela t'a valu ?
– Le prof a dit que c'était impossible à noter.
– Pourquoi ?
C'était une anecdote que je ne tenais pas particulièrement à me rappeler. Le nouveau prof de sciences sociales nous avait fait le même coup que McLeod – écrivez quelque chose sur le sujet de votre choix. Alors, j'avais pondu ce truc sur l'avion. Comment aurais-je pu deviner qu'il voyait rouge à propos de chaque invention depuis la roue, qu'il était un lobby antitechnologique à lui tout seul ?
Eh bien, quand il avait eu fini de lire mon devoir, tout le monde était au parfum. On aurait cru que Bob Hope était parmi nous tandis qu'il lisait à voix haute, expression et gestes à l'appui, et faisait ses commentaires entre chaque phrase. Toute la classe était pliée en deux. Ç'avait été une des grandes attractions comiques de l'année scolaire. Sauf que, moi, je n'avais pas trouvé ça si drôle que ça. Une fois qu'il en avait eu terminé, il avait sorti son mouchoir et s'était essuyé les yeux, et, redevenant sérieux, il s'était fendu d'un speech sur l'écologie, la nature, la vie en harmonie avec la terre et les ravages que l'Amérique et la technologie avaient infligés à notre planète. Sur ce, il avait déchiré ma copie et l'avait jetée à la corbeille avant de passer au devoir suivant...

Même Boule de poil, qui était marié à m'man à l'époque, avait dit que le prof y était allé un peu fort, après que la flicaille et lui m'avaient retrouvé sur l'autoroute à péage du New Jersey où j'essayais de faire du stop, direction le Colorado. (L'Air Force Academy est basée au Colorado, et même si je savais que je n'avais aucune chance d'y entrer – pas à mon âge et sans au moins un diplôme secondaire –, j'imaginais pouvoir rôder suffisamment dans les parages et être assez près pour découvrir la meilleure façon de m'y prendre. Mais je n'étais pas allé plus loin que la première station-service après le tunnel.)

McLeod me fixait. Je n'arrivais pas à aligner deux mots. Je veux dire, absolument rien ne me venait à l'esprit.

– Eh bien, pourquoi a-t-il dit que c'était impossible à noter ?

Je pris une prudente inspiration.

– Il déteste les avions. Vous savez... il est pour l'écologie, contre la technologie, tout le bataclan. Je peux m'en aller, à présent ?

J'ignorais si les trois heures étaient écoulées ou non, mais je voulais partir.

– Pas avant une heure. Nous devons passer en revue ce que tu dois traiter d'ici à la fin de l'été et il faut que je te donne tes devoirs pour demain.

Il me libéra finalement une heure plus tard. Je dévalai quasiment le sentier, Mickey à mes trousses aboyant férocement, sauf qu'à ce moment-là j'avais pigé : ce n'était que de l'esbroufe.

Est-ce que je regrettais de m'être fourré dans ce guêpier ? Oui, énormément. Allais-je tout flanquer à la hideuse figure de McLeod et supporter Gloria et sa jumelle, m'man ? Non. Pas si je voulais me barrer à l'automne.

Je me sentais comme une souris prise au piège.

4

On peut dire que tous les événements qui précédèrent cette terrible nuit de la fin août se déroulèrent en trois phases. Les semaines suivantes, où il ne se passa pas grand-chose hormis ma venue quotidienne chez McLeod et mon retour, chargé de devoirs, constituèrent la première phase.

Tout était très calme. Même Gloria me faisait grâce de ses tirs de D.C.A., étant, pour l'heure, occupée par son nouveau petit ami, Percy Minton ; tous les jours elle l'exhibait à la plage ou sur la jetée pendant que je faisais mes devoirs, jusqu'aux alentours de trois heures et demie.

M'man s'était murée dans une espèce de silence hostile. Elle ne savait pas où j'étais, bien sûr, tôt le matin. Et, pour la première fois de ma vie, j'appréciais que, si le monde est divisé entre les alouettes et les rossignols, ainsi que le dit Barry Rumble Seat, m'man soit un rossignol : elle peut être levée, c'est-à-dire son corps peut être en position verticale, dès sept ou huit heures, mais elle ne fonctionne pas avant onze. Ainsi, si elle était dans la cuisine, buvant une tasse de café ou bricolant vaguement quand je revenais de chez McLeod, elle ne disait généralement rien, supposant que j'étais allé à la plage ou sur la jetée avec mes potes. Si elle me questionnait, je répondais simplement : « Par là », réponse dont elle se contentait habituellement, parce qu'un des trucs positifs de notre époque, c'est qu'on a mis complètement au pas la génération d'avant. Quand les adultes se font trop fouineurs, on peut sortir des mots comme « autoritaire » ou « surcompensateur », et ils sont si bien dressés par la télé, par tous ces articles que les magazines consacrent aux ados et par le Dr Spock qu'ils se sentent aussitôt coupables. Ils voient tout de suite qu'ils font fausse route.

Par-ci, par-là, bien sûr, un instinct profond chez m'man remonte à la surface, elle oublie son dressage et me dit :

– Où ?

C'est là que je réponds : « Sur la jetée », ou : « Près du hangar à bateaux », ou un machin dans ce goût-là.

Une fois, mue par quelque impulsion atavique, elle pointa l'index sur les bouquins sous mon bras et dit :

– Avec ces livres ?

– Et pourquoi je n'aurais pas le droit d'étudier au calme et au bon air ? demandai-je du ton de la victime injustement accusée.

Je compris que, si je montais dans ma chambre et demeurais trois heures dans un air confiné, elle devinerait qu'il y avait anguille sous roche ; je pris donc immédiatement l'offensive.

– Bon sang, dis-je en me dirigeant vers l'escalier de derrière, on comprend pourquoi les ados se droguent... C'est à peu près leur seul refuge pour couper à des interrogatoires style F.B.I.

Et, distraitement, je me frottai la saignée du bras.

– Fais-moi voir ton bras.

Il y avait tant de panique dans la voix de m'man que j'eus envie de rire, tout en me sentant un rien désolé.

– Je suis clean ! (Je remontai les manches de mon sweat-shirt.) O.K. ?

Elle regarda mon bras, l'œil fixe, et exhala lentement son souffle. Puis elle fit un drôle de truc : elle posa les mains sur mes épaules.

– Chuck, j'ai tellement peur pour toi. Comment te faire comprendre que, quel que soit ton problème, avaler des cachets, fumer des joints ou te shooter ne fera qu'aggraver les choses... S'il te plaît, ne fais pas ça ! S'il te plaît !

J'avais hyperchaud, j'étais mal dans mes baskets et je voulais me casser.

– Bon sang, à quoi ça rime, tout ce cirque ? Pourquoi faire un drame ? Je n'ai pas l'intention de me droguer.

Elle s'assit brusquement.

– Très bien.

Alors, pendant une minute, je faillis retourner jusqu'à la table. Mais, tôt ou tard, Gloria ferait irruption et enverrait voler en éclats ce qui – quoi que ce fût – se passait entre m'man et moi. Sans compter, et cela me poussa finalement à monter à l'étage, que m'man, comme moi, ce n'est pas une lumière, mais que Gloria, elle, jetterait un œil sur mes bouquins et qu'il me faudrait essuyer un combat d'arrière-garde durant tout le trajet jusqu'à ma chambre. Les réponses que je faisais gober à m'man par intimidation ne feraient pas le poids une seconde avec sœur Gloria.

Évidemment, Meg savait où j'allais, mais je commençais, provisoirement bien sûr, à lui faire confiance.

Une fois, on s'était croisés sur la plage et, à l'abri des oreilles indiscrètes, elle m'avait demandé :

– Comment est l'Homme sans visage ?

– Horrible.

– Mais va-t-il te faire réussir ton exam ?

– Oui. Peut-être que je vais mourir ou rester idiot à cause d'une hyperactivité cérébrale, mais je l'aurai.

C'est drôle, ce n'est qu'après avoir repris ma route et avoir parcouru la moitié de la plage que je m'étais aperçu que je ne doutais absolument pas que McLeod me ferait réussir de force l'examen d'entrée.

J'avais rejoint ma bande de copains sur la jetée.

– Où t'étais ? m'avaient-ils demandé.

– Par là.

– Ah ouais ? Où ça, par là ?

C'était la même question que celle de m'man, mais là, j'étais en terrain de connaissance.

– Sur le continent.

– Et qu'est-ce qui se passe, sur le continent ?

J'avais eu un petit sourire narquois.

– Rien qui vous intéresse, les mecs.

Ç'a beau être une version remise au goût du jour de la méthode Tom Sawyer, ça fonctionne toujours. Naturellement, s'il y avait eu un ou deux gus moitié assez futés, ils auraient exigé la vérité. Tout le truc consistait à ne pas leur laisser suffisamment de temps pour réfléchir. J'avais bondi dans un canot de grande taille que ma famille louait pour l'été.

– Qui veut venir nager dans l'anse ?

Pour le moment, j'avais mis les questions en suspens. L'anse était interdite par toutes les autorités – l'État, la commune, le club nautique et les parents. Deux mômes s'y étaient noyés au cours des cinq années passées, à cause d'un courant sous-marin, et les gardes-côtes patrouillaient dans toute la zone durant l'été. S'ils repéraient un gamin, les parents récoltaient une forte amende ; ceux-ci avaient donc deux raisons d'en interdire l'accès à leurs rejetons.

Faut-il le dire ? On y allait tous. D'abord, on pouvait nager nus, et tout le monde sait que c'est sacrément plus super que d'être engoncé dans un maillot de bain.

Bien sûr, si j'avais utilisé ma cervelle un minimum, j'aurais vu que je ne pouvais pas continuer à dire blanc à m'man et noir à mes potes jusqu'à la fin des temps. Tout le monde parle à tout le monde ; tous les parents de mes potes connaissaient m'man. Tôt ou tard, l'heure des explications sonnerait et je serais dans un sacré pétrin.

Meg s'en rendit compte et me mit en garde.

Un matin, dès l'aube – ce qui semblait son moment favori pour bavasser –, elle entra, me secoua pour me réveiller et demanda poliment à Moxie si elle pouvait s'asseoir. À cette époque, je suppose que Moxie avait, à sa façon, conclu qu'elle était O.K., parce que, même si on ne peut pas dire qu'il soit le genre de matou à faire partie d'un comité d'accueil, il ne bougea pas quand elle se laissa tomber sur le lit. Et quand Meg s'assoit sur un lit où vous êtes couché, cela ne passe pas inaperçu. Elle ne pèse pas trois plumes.

– Pourquoi tu ne commences pas un régime ? demandai-je, pas ravi ravi d'être tiré du sommeil.

– Épargne-moi les remarques personnelles. Ça craint.

– Tu parles !

Elle soupira.

– J'ai horreur d'être grosse. Tout le *Zeitgeist* est contre ce qui est gros.

Encore un des mots favoris de Boule de poil. Me rappeler Boule de poil à cette heure matinale portait l'insulte à son comble.

– Alors, pourquoi tu n'arrêtes pas de te fourrer n'importe quoi dans la bouche chaque fois que tu l'ouvres ? (Je crus entendre Gloria.) Qu'est-ce que tu voulais me dire ?

Mais Meg, dans sa chemise de nuit blanche, restait assise là sans me regarder. Deux grosses larmes roulaient sur ses joues.

Je me sentis atroce. J'ignorais même que je pouvais me sentir comme ça. Je pensai après coup que j'aurais pu lui dire que je l'aimais bien, grosse ou pas, et peut-être l'entourer de mon bras ou un truc dans ce goût-là. Mais tout ce qui me venait à l'esprit à ce moment-là, c'était de me dire quel plouc j'étais de l'avoir fait chialer, elle tout particulièrement, le seul membre de la famille qui se souciât de moi.

– Allons, Meg, je regrette. Ne pleure pas !

Elle s'essuya le visage et le nez avec le bas de sa chemise de nuit.

– C'est pas grave, dit-elle.

Ce qui, à l'évidence, était un mensonge.

– Je t'aime vachement plus que Gloria.

– Tu parles d'un compliment !

En effet.

– Pourquoi es-tu venue ?

– Pour te dire que tu ferais bien de trouver un motif en béton pour expliquer aux parents et aux mauvaises langues ta présence chaque matin sur le continent et ton mensonge à m'man à ce sujet.

– Pourquoi ? Qu'est-ce qui s'est passé ?

Meg renifla.

– Tu as un Kleenex ?

– Il y en a dans ce tiroir.

Elle se leva, prit une poignée de mouchoirs et revint s'asseoir sur le lit.

– Rien, jusqu'à présent. Mais ce n'est plus qu'une question de temps. Les copains croient que tu vas sur le continent pour fumer de l'herbe et m'man s'imagine que tu étudies sous les arbres. Pour l'instant, Gloria ne s'intéresse pas à toi. Mais, à mon avis, Percy commence à ruer dans les brancards, et s'il se barre, tu sais ce qui va se produire : Gloria t'accordera son attention pleine et entière.

– Elle pourrait pas se cramponner à ses mecs et rester en dehors de ma vie ? Ah, ce que j'aimerais qu'elle s'enfuie ou qu'elle se marie ! Sauf que, pour ça, il faudrait que le type ait des tendances suicidaires.

– Si elle pouvait lui mettre le grappin dessus – je veux dire avec les papiers dûment signés, l'alliance et tout le toutim – durant les premières semaines ou les deux premiers mois qu'il serait tombé amoureux d'elle, alors l'affaire serait dans le sac. Le hic, c'est que, passé ce délai, tous ses prétendants ont envie de mettre les voiles. Ça s'est produit avec Steve, avec Pete, avec Bill, avec Mike. Le tout en l'espace de deux étés, pas plus.

Exact. Gloria en bikini est une des grandes attractions touristiques de la partie nord-est de la côte Est. D'aucuns vont même jusqu'à prétendre qu'elle est à la solde de la chambre de commerce locale, mais je n'y ai jamais vraiment cru. Pour ma part, je pense qu'elle devrait porter quelque chose d'un peu plus élaboré que trois bandes de sparadrap, mais, ne voulant pas être traité de fossile, je l'avais bouclée jusqu'alors. Ce matin-là, je dis :

– Ça me botterait qu'elle ne se pavane pas aussi légèrement vêtue. Pourquoi m'man ne lui dit rien ?

– Parce qu'elle ne peut pas. Et puis, si elle essayait, il y aurait un ramdam du diable. En plus... m'man est plutôt chouette elle-même en bikini.

– Quel rapport ?

Sauf qu'à l'instant où je prononçai ces mots je me rendis compte que, d'une certaine façon, cela en avait beaucoup.

– M'man se plaît à voir Gloria comme une autre elle-même.

– T'es barge ! dis-je avec colère. Gloria est une garce. Pas m'man. Du moins, pas volontairement. Seulement quand Gloria est dans les parages.

– Oui, je sais.

La voix de Meg était empreinte d'une telle tristesse que je pris conscience d'un truc : je me croyais toujours de trop, mais Meg pensait l'être, elle aussi.

– Pourquoi est-ce qu'elle aime Gloria plus que nous ?

– Je ne sais pas. En ce qui me concerne, peut-être parce que je suis grosse.

– Allons, Megsy ! Tu sais bien que ce n'est pas vrai. Et puis, je ne suis pas gros et elle ne m'aime pas davantage.

– En effet.

Je sentis que Meg reprenait un peu du poil de la bête. Et je souhaitais ne plus parler de m'man.

– En tout cas, Barry Rumble Seat te trouve fantastique.

Meg se ragaillardit encore plus.

– Oui, c'est vrai. Et je l'aime bien. Ça me plairait que m'man l'épouse.

À ces mots, j'éclatai de rire.

– Barry n'est pas son genre. Pas assez intello.

– Chut ! Tu veux que m'man ou Gloria se pointent ? Et Barry est *très* intelligent. Seulement, il ne passe pas son temps à s'en glorifier. Et il serait très bien pour toi, Chuck, s'il devenait notre beau-père.

– Je n'ai pas besoin d'un beau-père, et je n'en veux pas ! J'en ai eu largement ma dose. (J'ignore pourquoi les paroles de Meg m'avaient rendu furax, mais je sentais la colère bouillonner en moi.) Bon, le jour se lève. Il va falloir que je me casse vite fait, parce que McLeod aime commencer à l'heure pile, et je ne veux pas que quiconque soit réveillé quand je pars. Jusqu'à présent, j'ai pu l'éviter. Tu ferais peut-être mieux de retourner dans ta chambre.

– O.K.

Meg se leva et se dirigea vers la porte. Au moment de l'ouvrir, elle se retourna.

– Et McLeod ? chuchota-t-elle. Pour m'man ?

– Tu es maboule, Meg ? C'est une vanne ou quoi ? Tu l'as bien regardé ? Comment peux-tu imaginer que m'man veuille... Enfin, tu vois ce que je veux dire.

Meg soupira.

– Oui, en effet, je suppose. Parfois, je regrette qu'on ne naisse pas aveugles.

– Quoi ? Qui pourrait souhaiter ça ?

– Si on naissait aveugles, on n'aurait conscience d'aucune différence, et alors, on ne se sentirait pas dépossédés. Car personne ne jugerait jamais quiconque sur son physique.

Elle ouvrit la porte, jeta un œil de gauche et de droite, puis se glissa hors de la pièce.

C'était une idée originale et j'y réfléchis durant le trajet qui me menait chez McLeod. Je n'avais pas réussi à me rendormir, avec les paroles de Meg qui me trottaient dans la tête et Moxie qui désirait les démonstrations d'affection sans réserve avant de se faufiler par la fenêtre ; j'étais donc parti plus tôt que d'habitude et j'arrivai chez McLeod vers huit heures moins le quart.

D'ordinaire, quand j'entrais dans la pièce où on travaillait toujours, il s'y trouvait déjà. Mais pas ce matin-là. Il n'était pas non plus dans la grange – j'allai y jeter un coup d'œil. Étant donné, également, que le box du cheval était vide, j'en conclus qu'il n'était pas encore rentré de sa balade matinale. Il m'avait tenu si occupé que je n'avais pas posé de questions à propos du cheval, ou d'autre chose. C'était boulot, boulot, boulot. J'avais toujours l'impression que si je disais un truc personnel, du genre : « Que faites-vous le reste du temps ? » Ou encore : « C'est vrai que vous écrivez des livres porno ? » Ou même : « Avez-vous été prof ? », il me jetterait dehors. Sûr qu'il disait la vérité quand il affirmait regretter de s'être fourré dans cette histoire, car il montrait sans ambiguïté que si je franchissais l'espèce de frontière qu'il avait tracée entre nous – par exemple en ne faisant pas un des devoirs qu'il me distribuait ou en lâchant quelque commentaire débile –, je m'attirerais un des regards réfrigérants dont il avait le secret, comme si je m'étais mal conduit en société. À cause de cette saloperie d'examen, mais aussi pour ne pas lui donner la satisfaction de se débarrasser de moi, je restais de mon côté de la ligne, ce qui veut dire que je fermais ma gueule. Ce qui était dommage, en un sens, sans parler du gaspillage : au fil des années, j'avais vraiment peaufiné la technique pour éviter qu'un prof ne se rende compte que vous n'avez pas fait vos devoirs ou que vous ignorez la réponse à la question qu'il vous pose.

À l'école où je vais, on considère comme répressif et préjudiciable à la personnalité qu'un prof n'embraie pas sur un sujet, quel qu'il soit, abordé par un élève. Ainsi, si vous ignorez les dates précises de la guerre de Sécession, par exemple, il vous suffit de raconter que vous ne pouvez pas vous ôter de l'esprit les ravages que cause l'industrie à l'environnement, ou les injustices abominables du système électoral, ou le caractère raciste de l'enseignement, ou la guerre au Viêt-nam, ou un machin dans ce goût-là, et si vous êtes doué, probable que vous n'aurez jamais à régurgiter les dates de la guerre de Sécession. Une fille de la classe, chez qui ça tournait à l'obsession, était devenue si convaincante sur le fait que cette histoire de dates constituait une approche autoritaire de l'enseignement que le prof laissa tomber définitivement. Certains petits branleurs réussissaient ainsi à glandouiller jusqu'à l'obtention de leur diplôme, après quoi, bien sûr, ils abandonnaient leurs études, en manière de protestation contre l'Establishment. Il n'y eut qu'un seul prof avec qui ça ne marcha pas ; il était assez plouc pour vous tarabuster jusqu'à ce qu'il devienne évident que vous n'aviez pas la moindre idée de ce dont il parlait, que vous n'aviez pas appris vos leçons et ne pouviez répondre à ses questions. Nous tînmes donc une réunion secrète, au terme de laquelle les élèves manifestèrent les symptômes d'une telle névrose de masse une fois rentrés chez eux que les parents tinrent à leur tour une réunion d'urgence et furent à deux doigts de marcher sur l'école. Le prof fut viré.

Mais, à l'évidence, McLeod le Monstre appliquait les bonnes vieilles méthodes fascistes, et comme il me tenait par là où ça faisait mal et que St. Matthew's, apparemment, s'intéressait pour de vrai à ce que vous saviez sur ce bigot d'Énée et sa larmoyante copine Didon (qui me faisait de plus en plus penser à m'man quand elle veut que je fasse un truc), je conclus que je devrais vivre avec.

Mais, pour en revenir à ce matin-là, je furetai dans la grange, examinant un ou deux harnais au mur et humant les odeurs de foin, de cheval et de cuir. Une échelle menait au grenier, j'y montai et je baguenaudai parmi le foin. Il était hyperfrais. Je m'y étendis et me roulai dedans comme un jeune chien. Les brins me chatouillaient le nez et la bouche, et ma peau à l'endroit où ma chemise remontait. Puis je me relevai et me laissai tomber un peu plus loin. Je jetai un œil par la lucarne. D'ici, la vue était bien meilleure que de la maison. On distinguait la courbe entière de la côte : le village, loin en contrebas ; à droite, la jetée, la plage, et, au-delà, les rochers où les pins et les épicéas arrivaient au ras de l'eau. C'était beau et paisible. Au bout d'un moment, je m'allongeai dans le foin sur le ventre et repris mon observation. L'air, plus frais et plus vif qu'aux alentours de la villa, entrait par bouffées chargées d'une fragrance saline. Je posai le menton dans mes mains et fermai les yeux, pour voir si je pourrais sentir à la fois le sel et le foin...

J'avais décidé d'aller me balader sur le cheval de McLeod et j'étais en train de le seller quand je notai plusieurs choses : il avait à peu près quatre fois la taille d'un canasson ordinaire... il ressemblait plus à un éléphant. Ses oreilles, qui pointaient au-dessus du box, ne cessaient de grandir, ses yeux avaient l'éclat du rubis et il allait me tuer. Pour ce faire, il m'acculait dans un coin, hennissant farouchement et se cabrant, et il me repoussait à coups de sabot dans les flancs. J'étais à la fois terrifié et étonné de n'être pas déjà mort, car ses sabots, pareils à des lames, venaient sur moi sans répit, mais, au lieu de me découper le crâne en tranches, ils me donnaient de légères bourrades dans les côtes, comme des mitaines. Puis je fus effrayé pour de bon, parce que cette saleté de cheval dénudait ses dents et *parlait*, exactement comme dans cette pub craignos. Il disait avec la voix de McLeod :

– Réveille-toi, Charles.

J'ouvris les yeux. McLeod se tenait au-dessus de moi.

– Navré de te déranger, dit-il sèchement.

Je n'arrivais pas à piger ce qu'il faisait dans ma chambre et je me demandais comment le faire sortir en douce de la maison à l'insu de m'man ou de Gloria, quand il ajouta, avec un égal sarcasme :

– Quand tu voudras.

Je me redressai, vis le foin et me sentis ridicule. McLeod s'éloigna jusqu'au bord de la mezzanine, prit appui sur sa main et sauta en bas d'un bond. Je voulus faire comme lui.

Il me regarda.

– Prends l'échelle.

Ce que, bien sûr, je ne fis pas. Mon atterrissage laissa beaucoup à désirer. Je tombai sur le dos. Atroce, j'avais l'impression de me noyer. Je ne parvenais plus à respirer. Je vis vaguement McLeod se retourner, me jeter un coup d'œil, puis revenir au pas de course. Il me releva, me fit me pencher et entreprit de me taper dans le dos. Soudain, je retrouvai mon souffle.

– Ça va ? demanda-t-il tandis que je me redressais en inspirant de grandes goulées d'air.

Je hochai la tête.

– Apparemment, tu as le chic pour choisir toujours la mauvaise méthode. La prochaine fois, obéis-moi.

– Oui.

Je n'avais pas la moindre envie de discuter.

– Très bien, viens. Je n'arrive pas à faire entrer Richard, avec toi ici.

Nous nous dirigeâmes vers la porte.

– Que voulez-vous dire ? demandai-je.

Je vis le box vide en passant.

– Ce que je dis. Quand j'ai mené Richard à l'intérieur, il est devenu fou furieux. Il hennissait et se cabrait, essayant de m'arracher les rênes de la main.

– C'est donc ça que j'ai entendu ! Je rêvais que j'étais dans le box avec Richard, et qu'il hennissait et se cabrait, et tentait de me tuer. (Mes idées s'éclaircissaient.) Vous voulez dire qu'il savait que j'étais là-haut, alors que j'étais perdu dans cette montagne de foin ?

– Le fait n'a rien d'inhabituel. Un cheval ne s'engage jamais sur un pont peu sûr, même si son cavalier le juge parfaitement d'aplomb. Tu le sais.

– Mais qu'est-ce qui lui a fichu la frousse ?

– Il a été maltraité. Tout le monde lui fichait la frousse, pour reprendre ton expression.

Je m'étais arrêté à deux pas de la porte.

– Mais il se sent en confiance, avec vous ?

– À présent, oui. Cela m'a pris des semaines pour l'approcher sans qu'il tente de s'enfuir ou de se cabrer, et d'autres encore pour le monter.

– Vous saviez qu'il était comme ça quand vous l'avez acheté ?

– Bien sûr.

– C'est pour ça que vous l'avez choisi ?

Je fonçais au grand galop avec mes questions pour obtenir le maximum d'éléments sur ce McLeod inconnu. J'aurais cru avoir du mal à l'imaginer amadouant un cheval effrayé, mais, à mon étonnement, il n'en fut rien. Et, naturellement, à l'instant où je parvins à cette conclusion, McLeod se referma comme une huître.

– Je pense que ça suffit pour la conférence de presse matinale. Tu as réussi à retarder ton cours d'une demi-heure. Tu ne devrais donc pas avoir l'impression que tes efforts ont été vains.

Mais je n'en avais pas encore tout à fait terminé.

– C'est comme ça que vous avez deviné que j'étais dans le grenier ?

– La déduction semblait logique.

Il le dit si sèchement que j'eus envie de rire. Tandis que nous quittions l'obscurité de la grange pour sortir dans la cour inondée de soleil, je lui jetai un coup d'œil. Il était en train de m'observer, souriant légèrement. C'était un beau sourire, sauf que je profitai à plein de son côté brûlé. Je détournai le regard.

– Rentre et reprends la traduction là où tu t'es arrêté.

Sa voix, cette fois, était différente – si froide que je me demandai s'il avait remarqué mon mouvement de recul. Je le fixai et, un fugace instant, juste avant qu'il ne tourne la tête et ne s'éloigne, je compris qu'il m'avait percé à jour.

Je le suivis des yeux jusqu'à un arbre où il avait attaché Richard, puis, tournant les talons, je rentrai et j'ouvris Virgile, souhaitant qu'il n'eût pas vu si clairement ma réaction. J'étais un peu surpris, aussi ; l'un des avantages de mon air stupide, en effet, c'est que personne peut deviner ce que je pense. Ça mettait Boule de poil hors de lui, car tous ses étudiants lui disaient à quel point il était réceptif. Il rentrait à la maison, et son ego se gonflait encore un brin grâce à m'man et à Gloria, puis il tournait ses antennes radar vers moi. Et moi je le regardais comme s'il me causait chinois et je lui renvoyais ses ondes en pleine gueule.

Mais McLeod n'était pas Boule de poil. En vérité, il me déroutait. Quand il me rejoignit, ce fut comme si on était revenus à la case départ. « Virgile, spectacle sur glace », et les choses continuèrent ainsi au cours de la semaine suivante, ou à peu près. De temps en temps, il disait un truc pince-sans-rire. Je riais, et, pendant quelques instants, on était sur la même longueur d'onde. Je l'aimais bien, alors ; je l'aimais beaucoup. Puis, sans crier gare, il se remétamorphosait en banquise et je me retrouvais au beau milieu de la toundra.

– Tu l'aimes bien ? me demanda Meg lors d'une de nos conversations d'avant l'aube.

Moxie avait fini par accepter Meg et il ronronnait tandis qu'elle faisait courir son doigt sur son échine.

– Oui, dis-je d'assez mauvais gré. Il est O.K. – du moins, parfois.

C'était drôle, mais je répugnais à dévoiler mes sentiments, même à Meg.

– Comment il est ?

Vous comprenez à présent pourquoi je trouve les bonnes femmes assommantes. C'est le genre de question typique qu'elles posent.

– Comment je le saurais, bon sang ! C'est une question idiote.

Meg resta silencieuse, attitude que je trouve toujours suspecte chez une fille : cela signifie en général qu'elle va essayer une autre ouverture.

J'avais vu juste. Meg dit :

– Est-ce qu'il t'aime bien ?

– Arrête cette inquisition, tu veux ? Tu te prends pour qui ? Pour le F.B.I. ?

N'empêche, c'était une question intéressante, une question à laquelle je n'avais accordé aucune pensée. Je veux dire que, d'habitude, je me préoccupe davantage de ce que je pense des gens que de ce qu'ils pensent de moi, exception faite, naturellement, de spécimens comme m'man et Gloria, dont la réponse influe grandement sur mon bien-être. Mes beaux-pères eux-mêmes ne me faisaient pas cet effet-là. D'abord, ils n'avaient pas le choix : s'ils voulaient m'man, ils devaient me prendre aussi, c'est-à-dire m'aimer ou faire semblant. Ensuite, je m'en battais l'œil. En outre, pour un ado, c'est vachement dur d'amener une personne de la génération précédente à avouer sans détour qu'elle ne l'aime pas. C'est contraire à leurs principes. Sans blague ! Vous pouvez vous escrimer des semaines à imaginer un moyen d'embêter un max un adulte et lui sortir un truc inédit et hypergrossier, et n'obtenir que de la compréhension pour votre peine. Plus vous vous comportez de façon abominable, plus on vous traite d'idéaliste réagissant face à une société irresponsable. Je veux dire, c'est frustrant. Joey jure qu'il connaît un garçon qui a piqué une telle crise quand on lui a demandé (poliment) de sortir la poubelle qu'il l'a vidée – marc de café, gelée liquéfiée, vomi du bébé, et j'en passe – en plein sur la moquette neuve du salon, sous les yeux de Dieu et de toute la famille. Aussi sec, son père s'est excusé de s'être montré si insensible. Sa mère a fondu en larmes et a dit que tout était sa faute. Et, le lendemain, il a eu le vélo dont il rêvait. Alors, pourquoi s'en faire ?

Mais je n'arrivais absolument pas à m'imaginer McLeod s'excusant ou ayant l'air coupable. Les seules images que je pouvais évoquer, c'étaient ce regard glacial qui ne me laissait aucun doute sur qui serait sous peu en position de perdant et le demi-sourire qui s'était vite effacé ce fameux jour dans la grange. Non, conclus-je, il ne pouvait m'aimer. En fait, il devait me détester. Cette pensée me rendit singulièrement malheureux.

Je devais être en train d'y songer le jour suivant tandis que nous peinions sur les élucubrations de Wordsworth s'extasiant sur une greluche débile prénommée Lucy, parce que McLeod posa son livre et dit :

– Si ma figure te gêne à ce point, tu peux aller t'installer à la table près de la fenêtre.

Je me rendis compte que j'étais en train de le dévisager, et je sentis mes joues devenir brûlantes.

– Je... Ça ne me... gêne pas. Je veux dire... Je suis désolé. Je ne... Je ne...

La confusion l'emporta ; je ne pus continuer.

Il se leva et alla calmement se camper devant la fenêtre, mains dans les poches. Un silence atroce régnait dans la pièce. Et voilà, pensai-je. Dehors ! Mais cela ne fait que démontrer qu'on ne doit jamais dire jamais, ou croire qu'il suffit de refuser un truc pour qu'il n'arrive pas.

McLeod dit :

– Je regrette. Je n'aurais pas dû dire cela. Termine ton commentaire sur le poème.

Je devais vraiment être énervé. J'avais envie de lui dire que je ne songeais même pas à sa figure, même si je comprenais pourquoi il pensait ça, avec moi qui n'arrêtais pas de le regarder puis de détourner les yeux. Je m'efforçai de ramener mes pensées vers Lucy, guère passionnante déjà dans d'autres circonstances. Mais pas moyen de me concentrer.

– Eh bien ?

– Votre visage ne me gêne pas, jetai-je. (Je me rendis compte en le disant que c'était vrai. En fait, je n'avais plus jamais pensé à sa défiguration depuis le jour dans la grange. Du moins plus en ces termes.)

Assis sur l'appui de la fenêtre, il fixait ses pieds croisés.

– Alors, à quoi pensais-tu ?

J'avais envie de le lui dire, mais je ne savais pas comment. J'ai joliment bien perfectionné les techniques sur la façon de clouer le bec à quelqu'un, de l'embêter, de le déconcerter, mais je ne savais pas comment m'y prendre pour lui dire que je me demandais s'il m'aimait bien ou non, parce que c'était comme lui dire que je l'aimais bien. C'est déroutant de faire d'importantes découvertes de ce genre au beau milieu d'une conversation. Tout s'immobilise pendant que l'on trie les choses. Ce qui était certain, c'est que je n'avais jamais tenté auparavant de dire à quiconque – encore moins à un adulte – que je l'aimais bien. Les mots se bloquaient au fond de ma gorge, et rien ne sortit.

– Peu importe. Je ne voulais pas m'immiscer dans ta vie privée. Continue avec Lucy.

Il revint à la table et resta debout, l'œil fixé sur son exemplaire.

J'étais vraiment tourneboulé, comme si on avait mis une hélice en marche quelque part dans mon estomac. Ne sachant que dire ou, plutôt, ne sachant comment dire ce que je voulais dire, je baissai les yeux sur mon bouquin et marmonnai :

– Cette façon qu'il a de radoter à propos de Lucy, c'est pire que Humbert Humbert avec Lolita. Je veux dire...

Mais je n'eus pas l'occasion de terminer ma phrase. Il y eut un éclat de rire.

– Ô mon Dieu ! dit McLeod.

Et il porta la main à ses yeux.

Je me sentis assez intelligent.

– C'est des conneries, n'est-ce pas ?

Je compris instantanément que j'étais allé trop loin, même si je voyais qu'il avait encore envie de rire. Je me hâtai de déclarer :

– Je veux dire... toute cette histoire avec Lucy est idiote, vous ne trouvez pas ?

– Non. Mais ce n'est pas un choix judicieux pour un garçon de ton âge. Le corps enseignant devrait faire preuve de plus de discernement. À propos, tâche d'employer un autre terme que « conneries ».

– C'est l'expression légitime d'un sentiment authentique, dis-je, citant pieusement Boule de poil.

– C'est aussi de la paresse. Quand tu auras trouvé dix synonymes, alors tu pourras l'utiliser. Dans l'intervalle, dans le cadre de tes devoirs pour demain, tu peux chercher les équivalents latins – il y en a plusieurs –, puis les décliner ; ensuite, tu regarderas combien de fois chacun apparaît, et comment, chez Virgile.

J'étais furax.

– C'est un sacré boulot ! En plus, vous m'avez déjà donné mes devoirs.

– Mais un vocabulaire limité est un sérieux handicap. Il me déplairait que tu ailles à St. Matthew's avec un si grave désavantage.

Je le fixai, trop fumasse désormais pour me souvenir de ma gêne. Je savais pertinemment qu'il se moquait de moi, même s'il ne le montrait pas.

– Au fait, dit-il, qui viens-tu de citer ?

– Boule de poil, dis-je sans réfléchir.

– Qui ?

– Mon dernier beau-père en date.

– Combien en as-tu eu ?

– Deux. Il y a eu le premier mari de m'man, qui en aurait été un si j'avais été né, à l'époque. Sauf que je ne l'étais pas. C'est le père de Gloria la Glorieuse.

– Celle que tu portes dans ton cœur et que tu aimes tant.

Je décidai de vivre dangereusement :

– Je croyais qu'on devait éviter les redondances.

– Moi aussi, je peux faire des citations, dit-il d'un ton glacial. Il règne dans cette pièce une atmosphère d'insubordination que je ne tolérerai pas.

Je ne pus m'empêcher de sourire.

– C'est pour rire, hein, que vous me demandez de faire ce truc de mots latins, monsieur McLeod ?

(À notre école de New York, les profs font tout un foin pour qu'on les appelle par leur prénom. La démocratie et tout le saint-frusquin. Cela ne m'était pas venu à l'esprit de m'y essayer avec McLeod.)

– Oh que non ! C'est-à-dire, pas si tu souhaites employer ton terme favori à l'avenir.

Je soupirai bruyamment. C'est vraiment contraire à mes principes de céder devant un adulte. Mais, d'une certaine façon, j'avais la nette impression que, de nous deux, ce n'était pas lui qui capitulerait.

– D'accord. Je ne l'utiliserai pas... Du moins, j'essaierai de m'en souvenir.

– « Des anges ne pourraient plus », dit McLeod en se dirigeant vers la bibliothèque.

Je rassemblais mes affaires.

– C'est tiré d'un poème ?

– Oui.

– La poésie, ça me déprime.

Il sortit un volume.

– Tu aimes les avions, n'est-ce pas ?

– Oh oui !

Il revint, feuilletant les pages.

– Ceci devrait te plaire, dit-il.

Et il se mit à lire à haute voix :

Oh, j'ai échappé aux chaînes maussades de la terre,
Et dansé dans les cieux sur des ailes que le rire
[argentait ;
J'ai grimpé droit vers le soleil et me suis associé aux
[culbutes joyeuses
Des nuages crevassés de soleil – et fait mille et une
[choses
Dont tu n'as jamais rêvé... Et tournoyé, et monté en
[flèche, et viré
Haut dans le silence ensoleillé. Et, planant,
J'ai pourchassé le vent hurlant et jeté
Ma coque ardente dans d'insondables corridors d'air.
Escaladant, haut, toujours plus haut, l'azur délirant et
[brûlant.
J'ai franchi, avec une aisance gracieuse, les hauteurs
[que balaie l'aquilon,
Où l'alouette ni l'aigle ne vole jamais,
Et, tandis que, l'esprit silencieux, je foulais
Le haut sanctuaire inviolé de l'espace,
J'ai tendu la main et touché la face de Dieu.

Étrange, l'effet que ça me fit. Je sentis de petites explosions dans ma tête et dans mon estomac et un fourmillement me parcourir l'échine. J'avais la gorge sèche. McLeod me regardait.

– Tiens, dit-il en me tendant le livre. Prends-le.

5

Il était midi passé quand je rentrai à la maison. McLeod m'avait retenu une demi-heure de plus ; bien que, à la réflexion, je n'aie pas eu l'impression d'avoir été retenu : je ne m'étais même pas rendu compte qu'il était si tard. Mais je m'aperçus que j'avais la dalle. La maison, Dieu merci, était vide. J'aime les maisons ou les pièces vides. J'ai dit ça un jour à l'un des cinq psys du bahut, et ça l'a tellement ému qu'on m'a soumis à toute une nouvelle série de tests de Rorschach. Je me suis donc farci tout leur fourbi et j'ai répondu à toutes leurs questions stupides ; résultat : j'aime toujours les maisons et les pièces vides, en particulier celles qui sont vides des membres de ma famille, à l'exception, peut-être, de Meg.

Détendu et impatient de rejeter un coup d'œil au poème, je me versais un verre de lait quand la porte grillagée s'ouvrit dans un grincement et que Gloria la Glorieuse et Percy le Sordide firent leur entrée.

– Salut ! dit Gloria, la cordialité lui suintant par tous les pores.

Puis elle me balança son plus beau sourire et je compris aussi sec quels étaient nos rôles respectifs : elle, la Grande Sœur de l'année, moi, le même que d'habitude, le Frère Cadet Indifférent. M'man est le Parent Indifférent, Meg, la Petite Sœur Indifférente. Le scénario, c'est tout ce qui se passe sur le moment. Mais j'étais le seul acteur disponible, ce qui signifiait que la charge de révéler l'Indifférence dont Gloria est toujours entourée reposait uniquement, et lourdement, sur mes épaules. Je l'observai avec attention par-dessus le verre de lait que j'étais en train de boire afin de voir comment l'intrigue allait se développer.

– Percy, voilà mon petit frère, Chuck.

Il secoua la tête pour écarter une longue mèche bouclée qui lui tombait sur l'œil.

– Salut, vieux.

J'agitai la main.

– Salut, dis-je, quand j'eus fini mon lait.

Gloria jeta un coup d'œil aux livres que j'avais posés sur la table.

– Chuck essaie d'entrer à St. Matthew's, expliqua-t-elle, tout sucre, tout miel.

Percy mordit dans un beignet que Gloria avait sorti d'une boîte en fer.

– C'est à la portée de n'importe qui, marmonna-t-il, la bouche pleine, révélant une batterie de dents et des bouts de beignet imbibés de salive. Il déglutit, puis ajouta : C'est quoi, ton problème, vieux ?

– Chuck n'est pas doué pour les études, dit Gloria, grignotant une carotte, l'œil toujours rivé sur les livres.

Mon rôle commençait à prendre forme. Je n'étais pas seulement le Frère Indifférent, j'étais aussi le Frère Débile Mental.

– Percy va à Princeton, dit Gloria (comme si on ne le savait pas), tournant le livre du dessus afin d'en distinguer le titre sur le dos.

Je me rappelai soudain que le bouquin était à McLeod, et, pour autant que je le sache, il pouvait y avoir son nom dessus, auquel cas Gloria aurait pour le coup une intrigue à se mettre sous la dent.

D'habitude, je ne réagis guère au quart de tour, mais la main de Gloria, sur la couverture, était sur le point d'ouvrir le livre, et des sonnettes d'alarme retentissaient dans ma tête. Ce n'était plus l'heure de reposer la bouteille de lait que je tenais ou de la remettre au frigo ; je la laissai tomber.

Le lait jaillit en pluie sur le sol et sur les pieds de Gloria. La Grande Sœur de l'année céda la place à la Gloria véritable.

– Espèce d'empoté ! glapit-elle de sa meilleure voix de sorcière. Espèce de sale petit con ! Tu l'as fait exprès !

– Oh ! la la ! Je suis désolé ! (Je calai les livres sous mon bras et me dirigeai vers l'escalier de derrière.) Mais si tu l'enlèves tout de suite, il paraît que ça ne tache pas.

J'ouvris la porte de l'escalier.

Percy le Poursuivant tamponnait son short à l'aide d'un torchon.

– Manque de coordination, marmottait-il.

Mais il regardait Gloria d'une drôle de façon, et qui aurait pu le lui reprocher ? L'enfant chérie de l'Amérique, la voix pareille à un essieu manquant d'huile, énumérait les délices qu'on me réservait une fois que m'man aurait été instruite de mon dernier péché.

– Tu l'as fait exprès, dit-elle, levant les yeux du sol, tandis qu'elle nettoyait ses sandales. Je te connais,

Chuck Norstadt ! C'est ta manière subtile de distraire mon attention. Ce n'est pas la première fois. Et ne crois pas que je ne saurai pas découvrir ce que tu ne veux pas que je sache parce que tu as peur que je le dise à m'man. J'y arriverai, comme toujours, et alors tu le regretteras au point de *te traîner à quatre pattes.*

En vérité, je n'aurais pas pu lui écrire un meilleur rôle, si l'objectif avait été de montrer à Percy de quel genre de monstre il était à deux doigts de faire l'élue de son cœur, sinon de son foyer. Ce qui ne fait que confirmer ce que tout le monde dit : je ne suis pas très futé. Si c'était le cas, j'aurais donné jusqu'à ma chemise pour convaincre Percy de la valeur inestimable du joyau qu'il était sur le point d'acquérir. Avec un peu de chance, il l'aurait enlevée – tout au moins, il aurait monopolisé son attention. Au lieu de quoi, je n'aurais pas pu la démasquer plus efficacement si j'avais peaufiné mon scénario depuis une semaine.

Sa voix me poursuivit jusqu'à l'étage. Je fermai ma porte et coinçai une chaise sous la poignée – il n'y a pas une seule clé dans la villa et, dans l'humeur où elle était, Gloria n'hésiterait pas à pénétrer chez moi de force. Puis je m'assis à la petite table qui me sert de bureau et maudis ma stupidité. Je m'étais fait avoir par la scène de la Grande Sœur – de tous ses numéros, c'est le plus répugnant. Quand elle se montre sous son jour véritable, c'est déjà pénible, mais enfin, on joue franc jeu. Tandis que la représentation gratuite, avec trémolos et effets spéciaux, alors là, c'est carrément insupportable.

Je baissai les yeux sur le livre de McLeod et l'ouvris à la page de garde, et là, comme de juste, il y avait un nom : *Justin McLeod.* Puis je faillis tomber à la renverse, car sous son nom était écrit : *École St. Matthew's*. Et une date, *1958*.

Je formulai quelques suppositions hâtives. Il n'avait certainement pas pu être élève en 1958, cela ne remontait qu'à treize ans. Donc, il avait dû être prof.

Je me triturai la mémoire pour me souvenir de ce qu'il m'avait dit à propos de St. Matthew's – rien, en vérité, excepté au début, quand il avait laissé entendre que ce ne devait pas être trop difficile d'y entrer.

Mais le vrai mystère, c'était : pourquoi n'avait-il pas dit qu'il y était allé ?

Je feuilletai rapidement l'ouvrage et retrouvai le poème. Il s'intitulait « High Flight », et avait été écrit par un dénommé John Gillespie Magee. Et rien que de le lire, sans la voix de McLeod – ce qui était une bonne chose –, il produisait sur moi le même effet. Ce Magee savait vraiment ce que voler veut dire. J'étais monté deux fois à bord d'un petit avion monomoteur. Personne ne l'avait su. J'avais prélevé un peu de fric sur mes économies, pris le train pour Long Island alors que j'aurais dû être à l'école, et j'étais allé dans un aéroport privé de l'île. Ç'avaient été les deux plus beaux jours de ma vie.

Une heure plus tard, dans ces eaux-là, on frappa avec vigueur à ma porte.

– C'est moi, dit Meg.

Je me levai et la fis entrer.

– Tu as décroché la timbale, dit-elle, la mine lugubre. Charles... tu n'es vraiment pas futé futé.

– Tu parles d'un scoop, dis-je, sarcastique. Qu'est-ce qui s'est passé ?

Elle s'effondra sur mon lit, sable et tout.

– Qu'est-ce que tu veux dire, « qu'est-ce qui s'est passé » ?

Ma voix était rogue, mais mon cœur se serra.

– Ceci : j'étais en train de jouer à l'anse avec des copains. Je lève les yeux et je vois notre Gloria tenant un double cornet de glace marshmallow, pépites de chocolat et vanille. Pour moi, qu'elle me dit. J'ai pigé aussi sec qu'elle voulait quelque chose.

– Et tu l'as refusée... la glace, je veux dire.

– Non, dit Meg avec tristesse.

– Peut-être que tu n'es pas très futée, toi non plus.

– *D'accord*[1].

Meg est assez prétentieuse à propos de son français, qu'elle baragouine avec Barry Rumble Seat qui a passé quelques années à Paris.

– Tu peux traduire ?

– Ça veut dire tout juste.

– Que voulait Gloria ?

– Elle voulait savoir, mine de rien, si tu prenais des cours avec quelqu'un, et, si oui, qui.

– Avec qui.

Les méthodes de fer de McLeod pour enseigner la grammaire commençaient à porter leurs fruits.

– Bon sang, il doit être bon prof pour t'avoir enfoncé ça dans le crâne !

– Trop aimable ! Il l'est, en effet. Que lui as-tu dit, Meg ?

– Que tu étudiais seul, mais que tu avais déniché une cachette où tu pouvais bosser le matin en toute tranquillité. Mais je ne crois pas qu'elle m'a crue.

– Ça t'étonne ? Tu vires au rouge écrevisse chaque fois que tu essaies de mentir.

1. En français dans le texte. *(N.d.T.)*

– C'est plus fort que moi. Est-ce ma faute si je suis naturellement honnête ?

– Tu pourrais te souvenir que c'est pour la bonne cause.

– Cela n'a rien à voir. Elle a dit aussi qu'un de tes bouquins ne ressemblait à aucun de ceux qu'elle voyait traîner à la maison et elle a demandé à qui c'était.

– Eh bien, cela confirme seulement ce que j'ai toujours pensé : elle vient fouiner dans ma chambre quand je n'y suis pas. Comment sait-elle, sapristi, ce qui est mon livre et ce qui ne l'est pas ? Tu as dit qu'il était à qui ?

– À Pete Lansing.

Ce brave vieux Pete ! D'abord son jean, maintenant son livre...

– Elle a gobé tout ça ?

– Je ne pense pas, et moi, à sa place, je n'y aurais pas cru non plus si j'avais su quel genre de livre c'était. Elle a dit qu'elle imaginait mal Pete en possession d'une anthologie poétique.

Je revis Gloria tournant le livre et lorgnant le titre.

– Sale fouine ! marmonnai-je.

– J'ai dit que c'était peut-être un cadeau.

– Merci, Meg, c'est sympa.

– N'est-ce pas ? N'empêche, elle va enquêter. Écoute... J'y ai réfléchi pendant tout le chemin du retour. Est-ce que tu ne pourrais pas étudier chez McLeod ? Cela résoudrait beaucoup de problèmes. Tu pourrais laisser tes bouquins là-bas, comme ça Gloria ne risquerait pas de les trouver. M'man croit que tu respires l'air du grand large, et, si tu n'étais pas là, qui s'en rendrait compte ?

– McLeod.

– Ça l'embêterait ?

– Oui. Il a déjà du mal à attendre que je me casse, le matin.

– Tu veux dire qu'il te déteste tant que ça ?

C'était reparti ! Toujours la même vieille question.

– Comment veux-tu que je le sache, bon sang ?

– Bon, bon, t'excite pas ! (Elle se leva. Une pluie de sable tomba sur la carpette.) Je me demande pourquoi tu t'énerves comme ça !

– Parce que je le vois mal m'accorder la permission de rester étudier chez lui. Mais si je ne tente pas le coup, Gloria découvrira le pot aux roses tôt ou tard, car je me sers beaucoup de ses livres, à présent. Et alors m'man l'apprendra et...

– Pose-lui la question, dit Meg fermement. Qu'est-ce que t'as à perdre ?

Je connaissais la réponse à cette question-là sans avoir à y réfléchir.

– Tout. (Je marquai une pause.) Tu n'arrêtes pas de me demander s'il m'aime bien. Eh bien, parfois je pense que oui, et parfois que non. Mais sûr que je ne tiens pas à tout saborder en essayant de le découvrir. Et si je lui demande de me permettre d'étudier chez lui – ce qui signifierait passer en tout six heures dans sa baraque –, cela risque d'être le prétexte qu'il attend pour me dire qu'il ne veut plus me voir.

– Pourquoi ?

– Je ne sais pas. C'est juste une intuition. Peut-être parce qu'il voudra en connaître la raison, et s'il découvre que m'man ne sait pas que je suis chez lui, j'ai comme l'impression qu'il arrêtera tout le bazar. C'est le genre de mec qui aime que les choses soient carrées.

– Il ignore que tu n'as pas dit à m'man que tu étudiais avec lui ?

– Je ne crois pas. Je ne l'ai pas vraiment dit, mais il est sacrément perspicace.

Je me tus. Le vieux sentiment d'être acculé m'envahissait de nouveau.

– Remets-t'en à sa miséricorde, dit Meg théâtralement.

– Inutile d'être si mélo.

– O.K. T'as une autre idée ?

Touché.

Je suppose que j'aurais pu attendre le lendemain matin pour rendre l'anthologie de poèmes. Mais je n'aurais pas eu une minute de repos. Difficile de rester dans sa chambre toute la journée ou de surveiller Gloria. J'envisageai de cacher le livre ; mais où ? C'était le mégaproblème. Notre villa avait été conçue à la diable, avec un minimum de tout, y compris d'espaces de rangement. Alors, prenant un autre de ses livres, un texte historique (mais sans nom dessus), j'entrepris la longue grimpette jusqu'à chez lui.

Une fois là-haut, je ne sus trop quoi faire. En temps normal, si ç'avait été le matin, j'aurais ouvert la porte et je serais entré. Mais ce n'était pas le matin, ce qui me métamorphosait en quelqu'un d'autre – un visiteur non invité. J'espérais plus ou moins qu'il serait absent. Je pourrais laisser les livres sous la véranda, à l'abri de la pluie. Mais, tôt ou tard, il me faudrait lui expliquer la situation et, s'il trouvait les bouquins sans la moindre explication, il aurait tout loisir de se demander ce que j'étais revenu faire chez lui et de piquer sa crise.

J'optai donc pour la prudence et je sonnai.

McLeod ouvrit rapidement.

– Que se passe-t-il ? (Il aperçut les livres.) Quelle promptitude ! Tu aurais pu les rapporter demain. Les vingt-quatre premières heures sont gratuites.

Très drôle ! pensai-je sans entrain.

– Quelque chose te tracasse ?

Je hochai la tête.

– Bon. Entre.

Nous allâmes dans la bibliothèque. La lampe de lecture était allumée au-dessus du grand fauteuil de cuir. À côté, il y avait une sorte de coffre sur lequel étaient posés une assiette, un verre qui avait l'air d'avoir contenu du lait, une tasse vide et une soucoupe. En général, tout ce qui me fait penser à la bouffe me donne faim, et là, que je n'avais pas déjeuné. Mais j'étais trop énervé.

McLeod surprit mon regard.

– Tu as faim ?

Je secouai la tête.

– Non.

McLeod se tenait debout, le dos à l'âtre vide, pieds légèrement écartés, mains derrière le dos. Il semblait mesurer une trentaine de centimètres de plus que d'habitude. Je regrettai de ne pas avoir attendu jusqu'au lendemain.

– Bon... venons-en au fait.

J'avais prévu une espèce de préambule et cherché avec force tâtonnements la première phrase, comme si c'était le bout d'une pelote de ficelle. Rien ne sortit.

McLeod commença à se renfrogner. Je connaissais bien cet air-là ; alors, je fermai les yeux et me jetai à l'eau.

– Pourrais-je étudier ici, s'il vous plaît ? Je veux dire les trois heures après le cours ?

Je m'étais attendu à son habituel « non » catégorique, mais il dit simplement :

– Pourquoi ?

J'avais prévu le coup aussi, quelque chose à propos de m'man qui organisait régulièrement des comités ou des petites fêtes. Mais je compris sur-le-champ que ça ne servirait à rien. J'inspirai à fond.

– M'man ne sait pas que je prends des cours avec vous. Elle ne veut pas vraiment que j'aille à St. Matthew's. Gloria a vu votre livre, aujourd'hui. Si elle l'avait ouvert, elle aurait aperçu votre nom et l'aurait dit à m'man.

– Pourquoi ta mère ne veut-elle pas que tu ailles à St. Matthew's ? demanda-t-il vivement.

– Ce n'est pas spécialement St. Matthew's. Je vous l'ai dit le premier soir – elle ne veut pas que je m'en aille.

– Et si tu le lui disais, elle t'en empêcherait ?

– Oui. Peut-être. Je ne suis pas sûr. Pas d'elle-même. Mais Gloria lui ferait du bourrage de crâne. Elle lui donnerait un tas de bonnes raisons pour la dissuader de m'y envoyer.

– Apparemment, tu souffres d'un complexe de persécution en ce qui la concerne. Ou bien alors, c'est elle qui ne va pas très bien. Les garçons de ton âge ont souvent des problèmes avec leur sœur aînée, mais pas à ce point. Pourquoi t'en veut-elle à ce point ?

– Je ne sais pas. M'man m'a dit un jour...

– Quoi ?

– Eh bien, ça paraît dingue... mais parce que je suis né. J'aurais non seulement accaparé l'attention de m'man au détriment de Gloria, mais encore celle de mon père.

– Possible. Les filles sont souvent amoureuses de leur père.

– Mais ce n'était pas son père ! (L'idée m'horrifiait.) Et puis, c'est complètement absurde. Elle est toujours si infecte quand elle parle de lui. Elle le traite de taré. Elle a même dit un jour...

– Quoi ?

Mais c'était un des trucs que je n'aimais pas me rappeler. Je piquai du nez et secouai la tête.

Il y eut un silence. L'air qui entrait par la fenêtre ouverte caressait mon visage et je sentais l'odeur forte et piquante de l'océan.

– Très bien, dit McLeod. Prends-le pour ce que ça vaut, mais je pense que tu commets une erreur.

– Pourquoi ?

– Tu devrais t'expliquer avec ta mère.

– Elle ne m'écouterait pas, je vous l'ai dit. Au bout du compte, elle fait toujours ce que veut Gloria.

– Peut-être. Tu mets énormément de choses sur le dos des autres – ta mère ne va pas t'écouter ; ta sœur te hait. Qu'es-tu d'autre qu'une marionnette dont les gens tirent les ficelles ? Es-tu bien sûr que tu ne puisses pas faire en sorte que ta mère t'écoute ? Peut-être t'en es-tu convaincu, ainsi cela t'évite de l'affronter.

– Vous voulez dire que je me défile ?

– À ton avis ?

J'étais si furieux que j'en bégayai.

– Ce... ce n'est pas... pas... vrai !

– Dans ce cas, pourquoi ne lui parles-tu pas ?

Une fois de plus, j'avais l'impression d'être acculé et je n'avais qu'une envie : fiche le camp.

– À demain, dis-je.

Et je tournai les talons pour me diriger vers la porte.

Pas question d'étudier chez lui ! Je me trouverais un autre endroit.

– Charles !

Je fis la sourde oreille et ne ralentis pas.

– Charles ! Reviens immédiatement, ou tu ne remettras plus les pieds ici, ni demain ni un autre jour !

Je me figeai sur place. Au bout de quelques instants, je me retournai et revins sur mes pas – je n'avais pas le choix. Bon sang ! Qu'est-ce qui avait bien pu me faire croire que je pourrais manipuler McLeod à ma guise ? Je me plantai devant lui, la mine maussade, les yeux rivés au sol.

– Regarde-moi.

Je levai les yeux et fixai la partie mutilée de son visage.

– De quoi as-tu peur ?

– Chais pas. De rien.

– Parce que, quoi que ce soit, il te faudra l'affronter tôt ou tard. (Il ajouta sèchement :) On pourrait appeler cela une loi universelle. (Puis :) Est-ce à propos de ton père ?

Tout me revint alors, aussi frais et mousseux que si l'événement datait d'hier. C'était la fois sur la plage, trois ans auparavant, quand Gloria avait traité mon père de taré et s'était mise à dire quelque chose à propos du fait que j'ignorais la vérité. La scène s'était produite au cours d'une de nos plus mémorables bagarres, après qu'elle avait démoli à coups de pied mon château de sable et que je l'avais plaquée dans le sable et lui en avais frictionné les cheveux. Elle était sur le point de poursuivre sur mon père quand Barry lui avait flanqué une serviette sur la tête – pour ôter le sable, avait-il dit, – et l'avait entraînée à l'écart. M'man avait juré sur tous les tons qu'elle ignorait de quoi parlait Gloria. Barry

– Juste Barry Rumble Seat... Mais il est toujours dans les parages.

– Barry *comment* ?

– Rumble Seat. Son véritable nom est Rumbolt.

McLeod eut un drôle d'air. Puis il dit :

– Depuis quand le connais-tu ?

– Chais pas... des années, par intermittence.

– Sait-il que tu viens ici... que je te donne des cours ?

– Non. Bien sûr que non !

McLeod alla prendre une veste à une patère près de la porte de derrière.

– Vous le connaissez ? demandai-je.

Mais je suppose qu'il ne m'entendit pas, car la porte grillagée s'était refermée dans son dos. Il agita la main.

– À demain.

6

Meg avait raison. Rester là-haut après le cours proprement dit réduisait la tension de façon insigne et facilitait les choses. Je quittais la villa peu après sept heures, ce qui n'était pas la galère, vu que je suis un lève-tôt. McLeod travaillait avec moi jusqu'à onze. Ensuite, je prenais du lait, des gâteaux secs et un sandwich ; j'étais généralement en train d'avaler ma collation quand je l'entendais partir sur le dos de Richard. À ce moment-là, je devais me rappeler pourquoi j'étais là et ce que je faisais, et qui en avait eu initialement l'idée, parce que retourner bosser alors que résonnaient encore à mon oreille les sabots de Richard était presque plus que je n'en pouvais supporter. Parfois, McLeod ne rentrait guère avant deux heures, l'heure de mon départ. Parfois, il rentrait plus tôt, et il venait s'asseoir avec un livre, sans dire un mot. Mais s'il était dans la pièce, sa présence passait quasiment inaperçue. Je veux dire que, normalement, il faut que je sois seul pour arriver à me concentrer, mais il ne me dérangeait pas. Le premier jour, comme je me levais pour m'en aller à deux heures, il dit que je ferais mieux de manger un morceau ; on alla dans la cuisine.

– Il y a des provisions dans le réfrigérateur. Fais-toi un sandwich.

À partir de ce jour-là, nous prîmes l'habitude d'avaler ensemble un sandwich avec du lait ou du café. Au début, cela ne se produisit que deux fois par semaine. Les autres jours, je m'enfilais un hot dog et un milk-shake dès mon retour au village. Par la suite, il m'arriva de rester chez McLeod trois ou quatre fois par semaine, puis tous les jours. De temps en temps, je lui posais des questions à propos des sujets que j'avais étudiés. J'avais craint d'abord qu'il ne s'imagine que j'essayais de lui carotter des cours, mais il ne parut pas le prendre ainsi. Puis, aux alentours de deux heures et demie, trois heures moins le quart, j'allais me balader à la plage. Parfois, quand il se rendait au village ou dans la partie continentale de l'île, il me reconduisait jusqu'au pont.

Le travail gagnait en intérêt. Je me découvris une passion véritable pour l'histoire, et, en seconde position, pour les maths, qui me branchaient vraiment. J'envisageais l'avenir avec beaucoup moins d'appréhension, car Meg ne cessait de répéter qu'avec les notes que j'obtenais en maths le système tout entier devrait retourner au temps des frères Wright avant qu'on ne m'admette à l'Air Force Academy.

Au fil des jours, je restais de plus en plus tard. Un après-midi, nous discutions dans la cuisine. Je me surpris à regarder la pendule ; il était cinq heures moins le quart.

– Elle ne doit pas bien marcher, dis-je.

– Quoi ?

– Votre pendule.

Il se tourna et jeta un œil au cadran.

– Si, elle va juste. Je l'ai remontée ce matin.

Je me levai si précipitamment que j'en renversai une chaise.

– Je ne savais pas qu'il était si... si tard.

McLeod se mit debout.

– Si c'est d'avoir pris tellement de mon précieux temps qui te met dans tous tes états, rassure-toi. Il n'est pas sacré à ce point.

Ce qui me fit penser à un truc.

– C'est vrai que vous...

Pourquoi, me morigénai-je, fallait-il toujours que je pose des questions qui ne me regardaient pas ? Si McLeod avait rendu une chose claire entre toutes, c'était qu'il avait un sens très développé de son intimité. On l'aurait cru entouré de douves. De temps à autre, comme cet après-midi, par exemple, j'avais la chance d'être admis à l'intérieur de la forteresse et alors, au lieu de me tenir peinard, je fichais tout par terre en posant des questions stupides.

Il était debout, les mains sur le dossier de sa chaise.

– C'est vrai que je quoi ?

J'avais appris une chose, avec McLeod : si vous commenciez un truc comme de poser la mauvaise question, vous alliez jusqu'au bout, vous ne vous arrêtiez pas au beau milieu pour vous précipiter sur la sortie la plus proche... pas si vous teniez à revenir. Plutôt gêné, je continuai :

– Que vous écrivez des livres porno pour vivre, sous je ne sais quel pseudonyme ?

Il y eut un nouveau silence. Ben voilà, j'avais gagné le gros lot, pensai-je. Puis il se mit à rire ; il ramassa la vaisselle et l'emporta dans l'évier, riant toujours.

Je me sentis si soulagé que je fus pris de faiblesse.

– C'est ce qu'on raconte ?

– Oui. À cause de tous ces colis et de ce qui ressemble à des chèques envoyés par des éditeurs.

– Dois-je en conclure qu'on a soudoyé notre dévouée postière ?

Je souris.

– Non. Du moins, je ne crois pas. Mais la rumeur circule.

Je lui parlai du pèlerinage de masse dans les librairies, et il rit de plus belle. À ce moment-là, il était chaleureux, et drôle, et presque jeune.

Il acheva de laver les assiettes et les verres, ainsi que la tasse et la soucoupe. Je les essuyai et les rangeai.

– Ce n'est pas du porno, dit-il enfin. Ce serait beaucoup plus lucratif si c'était le cas.

– Des romans ?

D'une certaine façon, il n'avait pas l'air d'un romancier, du moins pas le genre de ceux dont le père de Meg, l'éditeur, ou Boule de poil laissaient traîner les livres dans toute la maison.

– Oui. Si on veut. Un mélange de science-fiction et de mythologie.

– Sous votre nom ?

– Non. Terence Blake.

Je sifflai.

– Ouah !

Les livres de Terence Blake ne connaissaient certes pas la vogue de ceux de Tolkien, mais ils étaient vachement bons.

– Super ! Je veux dire... vos livres sont super !

J'étais impressionné. Dommage que je ne puisse le dire à personne. Toutefois, à l'instant où cette idée me vint à l'esprit, je m'aperçus qu'il me déplairait d'en parler à quiconque.

Il sourit.

– Paroles exquises pour un auteur. Lesquels as-tu lus ?

Je le lui dis.

– Il y en a deux que je n'ai pas lus. Des anciens. Quelqu'un les a volés à la bibliothèque de l'école et les libraires disent qu'ils sont épuisés. Mais ils vont ressortir en poche à l'automne, je les achèterai à ce moment-là.

– Je les ai. Tu peux me les emprunter.

Comme nous nous dirigions vers le salon, je dis :

– Pourquoi Terence Blake ?

– Terence était le nom de mon père et Blake le nom de jeune fille de ma mère.

– Mais pourquoi un pseudonyme ? Je veux dire... je serais vachement fier de les avoir écrits.

– Mais quand j'ai écrit le premier, j'ignorais totalement si ça allait marcher.

Je pressentis que ce n'était pas là la véritable raison, mais je compris que mieux valait ne pas insister. Sa voix avait pris un accent lointain. Nous allâmes jusqu'aux rayonnages. Il sortit deux livres et me les tendit.

– Ce sont vos seuls exemplaires ? demandai-je.

– Pas de problème. J'ai confiance en toi.

Cela me fit chaud au cœur d'entendre ça. Mais je secouai la tête.

– Non. Si quelqu'un les voyait, ils dureraient à peu près cinq minutes. Mes potes de la plage se les arracheraient, et puis ils voudraient savoir comment j'ai réussi à mettre la main dessus. (À contrecœur, mais me sentant l'âme d'un héros, je les lui rendis.) Quand ils paraîtront en poche, je vous les enverrai pour avoir un autographe. Vous voudrez bien ? Je veux dire, me les dédicacer ?

– Bien sûr.

Il le dit si sèchement que je me demandai si je n'avais pas encore pris le risque de ma vie.

– Ça ne vous ennuiera pas ?

Il remettait les bouquins sur l'étagère, mais il se retourna et me regarda.

– Non, Charles. Ça ne m'ennuiera pas.

Je me rappelle cet été-là pour moitié sous forme d'images qui jaillissent de ma tête, très nettes, pour moitié sous forme de fragments de conversations.

Une fois, il me demanda :

– Que désires-tu ? Vite... sans réfléchir.

– Être libre.

– Libre de quoi ?

– Qu'on me fiche la paix. Libre de faire ce que je veux.

– C'est légitime. Seulement, n'espère pas être quitte des conséquences de tes actes en faisant ce que tu veux.

Sur le coup, McLeod me déçut. Cela ressemblait au charabia hypocrite que m'avaient servi tous les adultes que j'avais connus dans ma vie.

Une autre fois, je transcrivais le poème qu'il me dictait, « High Flight », pour le mettre dans un cahier avec mes autres trucs que je conservais par-ci, par-là depuis l'âge de sept ans ou à peu près. Je lui demandai s'il croyait en Dieu.

– Naturellement, dit-il, d'un ton presque impatient.

Je pensais qu'il allait me demander mon opinion, mais non. Puis il vit ma tête et rit.

– À quoi t'attendais-tu ? Que je fasse du prosélytisme ?

Je souris, me sentant idiot. Sa faculté de lire en moi était horripilante.

– Eh bien, Boule de poil disait que c'était l'ennui, avec les croyants bon teint – ils ne peuvent s'empêcher de répandre la bonne parole.

– En un sens, il n'a pas tort. Mais dans ton cas, il est temps que tu ailles vers ce que tu veux... au lieu d'attendre que les gens viennent te chercher.

– Comment ça ?

– Tu sembles avoir passé quatre-vingt-dix pour cent de ton temps à résister aux choses et aux gens, de sorte que c'est devenu un schéma affectif type. Il est temps que tu prennes l'initiative.

– Je suis venu ici.

– En effet. As-tu jamais pris la peine de réfléchir à ceci : si ta mère ou un de tes nombreux beaux-pères t'avait dit : « Charles, nous t'avons trouvé quelqu'un qui va te donner des cours pendant l'été. Tu auras des leçons trois heures par jour, et ce, cinq jours par semaine, ensuite tu consacreras un égal nombre d'heures à travailler tandis que tes copains seront à la plage ou feront des virées en mer, et, en guise de récompense, tu entreras dans une école où tu ne tiens pas tellement à aller, mais c'est le moindre de deux maux », comment crois-tu que tu te serais senti ?

Il avait fait mouche.

– Misérable.

Vues sous cet angle, six heures de cours et d'étude par jour semblaient le pire cauchemar de l'exploitation du prolétariat. Fallait vraiment que je sois maso ! Mais, en vérité, je prenais mon pied, ce qui, étant donné que je ne cassais rien comme élève, même maintenant, signifiait que j'appréciais McLeod. Il était différent de tous les gens que j'avais connus. Je terminai de recopier le poème et le relus. Selon la note en bas de page, l'auteur, Magee, était mort à dix-neuf ans – tué durant la bataille d'Angleterre –, en 1941, ce qui, pour ma part, remontait quasiment à la révolution américaine. Mais je me mis à faire un peu d'arithmétique. En fait, j'essayais de voir si McLeod avait pu être brûlé en tant que pilote. L'idée me séduisait. Un type âgé disons de dix-neuf ans en 1941 aurait – je fis quelques calculs dans la marge de ma feuille – la cinquantaine aujourd'hui. Possible. Je levai les yeux vers McLeod qui remettait de l'ordre sur une étagère. Le côté intact de son visage était tourné vers moi, de telle sorte que je ne voyais qu'une partie de la brûlure autour du menton. Il y avait beaucoup de gris dans ses cheveux. Mais certaines personnes grisonnent à trente ans.

– Que cherches-tu à comprendre ? demanda-t-il sans se retourner.

Pris de court, je lâchai :

– Je me demandais quel âge vous aviez.

– La méthode la plus simple est de poser la question. Quarante-sept.

Je fis d'autres calculs. Mais à seize ans, même McLeod ne pouvait pas avoir participé à la bataille d'Angleterre. Toutefois, il aurait pu être pilote de l'armée de l'air américaine à l'extrême fin de la guerre. Mon cœur se mit à battre plus fort.

– Étiez-vous dans l'armée de l'air pendant la Seconde Guerre mondiale ?

– Non.

– Vous n'avez pas fait la guerre ?

– Si. Dans l'infanterie. Un soldat de deuxième classe traînant la jambe.

– Est-ce là que...

Il y avait une différence entre le questionner sur son âge et le questionner sur une brûlure qui l'avait à demi défiguré.

– Où je... ?

Je regrettais d'avoir commencé ma phrase. Mais j'étais encore piqué au vif par la remarque qu'il avait faite à propos de ma tendance à l'esquive.

– Où... où vous avez été brûlé.

Il me regardait, mais il resta de marbre. Pour la première fois, je me demandai quel effet ça lui faisait.

– Je n'aurais pas dû vous demander ça, marmonnai-je.

– La plupart des gens le font, tôt ou tard.

Il prit un autre livre d'une pile sur le sol et le plaça sur l'étagère.

– J'ai été brûlé dans un accident de voiture. (Il se tut puis ajouta à dessein :) Trop ivre pour être conscient de mes actes, j'ai dérapé sur une plaque de verglas, quitté la route et basculé dans un ravin.

J'étais sous le choc. Sûr que cette révélation fit voler en éclats l'image que j'avais du héros de guerre blessé au combat.

– Je regrette, dis-je, ne sachant pas si je regrettais qu'il ait été défiguré ou que j'eusse perdu mon héros de guerre.

Il m'observait.

– Moi aussi. Pas seulement à cause de ceci (il fit un geste en direction de la partie brûlée de son visage), mais parce qu'il y avait un garçon avec moi, un garçon qui avait à peu près ton âge. Il a été brûlé vif.

Une abeille, entrée on ne sait comment, bourdonnait dans la pièce. Dans le silence qui s'ensuivit, on aurait dit un 747.

Puis McLeod dit :

– Il est tard, Charles. Tu ferais mieux de rentrer.

Le lendemain, je me réveillai avant l'aube, pensant à ce que m'avait dit McLeod. Le plus drôle, c'est que je m'attendais à être dégoûté ou déçu ; or, ce n'était pas le cas. Je me sentais navré. Je me sentais navré pour le garçon qui avait été tué, mais plus navré encore pour McLeod. C'était assez absurde puisque le garçon était mort, mais j'étais certain que McLeod traînait sa culpabilité depuis lors et que cela avait beaucoup à voir avec sa façon de vivre et avec le fait qu'il ne s'était pas fait refaire le visage, comme il l'aurait pu – et dû, selon m'man et le reste de la colonie.

– Quel truc dégueulasse ! dis-je à Moxie, allongé contre moi sous le drap.

Ma voix dut le tirer du sommeil car soudain je perçus contre mes côtes la profonde vibration qui signifiait qu'il ronronnait. Peu après, le bruit suivit – on aurait dit un cas de bronchite hypergrave.

Quelques instants plus tard, Meg entra dans ma chambre. Étant donné que les sujets de réflexion ne manquaient pas, je ne fus pas emballé à sa vue.

– Comment va le grand homme ? dit-elle en tortillant du postérieur contre le pied du lit.

– Ça va.

Je ne souhaitais pas parler de McLeod.

– Tu deviens très protecteur vis-à-vis de lui.

– Qu'est-ce que tu veux que je te dise ?

– Bon. T'excite pas. N'empêche que les gens commencent à se demander ce que tu fabriques à longueur de temps et où tu es.

– Et tu leur dis quoi ?

– Je dis à tes copains qu'on t'a forcé à prendre des cours avec un prof sur le continent. Et chaque fois que m'man dit : « Où est Chuck ? », ce qui lui prend parfois l'après-midi – elle s'est résignée à ce que tu études le matin –, je cite l'endroit où est ta bande à ce moment-là. Sauf quand ils sont tous là sous notre nez, auquel cas j'invente autre chose. Seulement, un beau jour, elle ne me posera pas la question, elle interrogera Pete, Sam ou Tom, et alors ça va chier des bulles.

– Et Gloria ? Qu'est-ce qu'elle traficote ?

– Elle a toujours la main haute sur Percy. Mais Sue Robinson va rentrer du camp d'été la semaine prochaine.

– Oh ! la ! la ! (Je m'assis tant bien que mal et m'adossai contre la tête de lit.) Mauvaises nouvelles.

Et comment ! Sue est la seule véritable rivale de Gloria : cheveux roux, yeux verts, et, si sa silhouette n'a pas le style nymphette de celle de notre Gloria, son caractère laisse ma sœur à des années-lumière derrière elle.

– Et, poursuivit Meg, comme si elle me portait le coup de grâce, Percy était amoureux d'elle l'été dernier.

Les choses prenaient une sale tournure. Mais, en un sens, je m'en fichais. Tout semblait lointain et sans importance. Mon esprit retourna à ce que m'avait dit McLeod.

– Ça n'a pas l'air de t'intéresser des masses, dit Meg.

– Si, bien sûr, Meg. Mais j'ai d'autres sujets de préoccupation. Et puis je suis fatigué. Je n'ai pas beaucoup dormi. J'aimerais repiquer du nez une petite heure avant de me lever. Après tout, conclus-je vertueusement, toi, tu es peut-être en vacances, mais moi, j'ai du boulot.

– Très bien.

Meg était hors de ses gonds, et je le savais.

– Ne sois pas fâchée, Megsy.

Elle se retourna.

– Tu es différent, Chuck. Tu as changé.

– Qu'est-ce que tu veux dire ?

– Je ne sais pas, dit lentement Meg. Je ne peux pas l'exprimer, mais tu es différent. Et ça ne me plaît pas.

– Meg !

Mais elle avait quitté la pièce et j'étais prêt à parier qu'elle pleurait. Bon, pensai-je, me glissant de nouveau sous le drap, il faudrait que je me réconcilie avec elle. Je la savais assez solitaire, car il n'y avait pas beaucoup de jeunes de son âge dans le coin, cet été-là – notre colonie d'estivants fonctionne par groupes d'âge. Les adultes vaquent à leurs occupations qui, pour l'essentiel, consistent à se rendre mutuellement visite pour prendre un verre, à s'étendre sur leur bout de plage ou derrière la maison de l'un ou de l'autre afin de parfaire leur bronzage. Seuls les gosses et les ados pratiquent la natation de façon intensive. Le coin est très rocheux et l'eau est froide. Cela explique probablement pourquoi je m'en étais tiré jusque-là avec ma double vie. « Structure » était un mot qui avait mauvaise presse par ici, et poser trop de questions puait la structure à plein nez.

Je me consolai avec cette idée (les pressentiments de Meg m'avaient bouleversé plus que je ne voulais l'admettre) et me rendormis en pensant à McLeod, conscient que j'avais quelque chose à lui dire et nourrissant l'espoir que, le moment venu, je saurais le dire comme il fallait.

Il fut distant et plein de questions pièges, ce matin-là, me mettant littéralement sur le gril en ce qui concernait ce que j'avais appris, pas seulement récemment, mais depuis le début. Quand les trois heures furent arrivées à leur terme, j'étais vidé de mon énergie. Il dut s'en rendre compte, car il m'apporta aussitôt du lait et des gâteaux secs dans la bibliothèque.

– Je te conseille de sortir et de courir une demi-heure après que tu auras mangé. Je te prêterais bien Richard s'il n'était pas si névrosé.

– Comment va-t-il ? demandai-je, engloutissant les gâteaux à la vitesse grand V.

– Très bien.

– Écoutez ! m'écriai-je. (J'étais déterminé à dire mon mot.) Au sujet de ce que vous m'avez dit hier. À propos de l'accident... (Je gardais les yeux rivés sur la table, où je faisais nerveusement tourner le plat de gâteaux.) Ce que je veux dire, c'est que... eh bien, c'est un truc moche qui vous est arrivé là, et probable que ce n'était pas votre faute.

– Tu te trompes. Ça l'était complètement.

– O.K. Ça l'était. Ce que je veux dire, c'est...

Je brûlais tant de lui dire ce que j'éprouvais, mais je n'arrivais pas à trouver les mots. Puis un truc bizarre se produisit. Sans que je le veuille, ma main se tendit vers son bras, que j'agrippai.

Il ne bougea pas ni ne dit mot. La moitié intacte de son visage était aussi blanche que du papier. Puis il ôta ma main d'une secousse et sortit.

7

J'étais dans une fureur noire. Pire... je me sentais ridicule.

Tiens donc ! Il pensait que je devais aller vers les autres ! Quel hypocrite ! Voilà que j'avais cru qu'il constituait une exception parmi les adultes, et, au final, il se révélait pareil à tout le monde : il disait une chose et en faisait une autre.

J'étais si furieux que je n'arrivais pas à me concentrer. Toutefois, je ne pouvais m'empêcher de voir le côté comique de l'histoire. Si ces cours avaient été l'idée de m'man – ou de l'école –, quelle occasion en or de me tirer et de leur dire d'aller se faire voir ! Mais c'était la mienne, je devais donc rester, même si McLeod avait réagi comme si ma main était un cancrelat ou un truc dans ce goût-là. Comme si, bon sang, je lui avais fait du plat ! C'est ce qui m'enrageait. Eh bien... qu'il aille se faire voir ! Je tirerais de lui le maximum, puis je lui dirais d'aller au diable.

Mais l'idée de lui dire d'aller se faire voir ne m'aidait pas à me concentrer. Je tins bon jusqu'aux alentours de midi et demi. Arrivé là, n'ayant pigé à peu près que dalle, je mis les bouts.

Tandis que je dégringolais le sentier à fond de train, j'entendis les sabots de Richard derrière la longue bordure de pins qui ceint l'autre côté de la falaise. Je ne voulais pas voir McLeod. Je piquai un sprint, franchis la grille d'un bond et fonçai à toute blinde en direction du pont. Puis je quittai la grand-route et descendis la colline escarpée qui surplombait l'arrière du village. Une fois là, je me sentis hors de danger. Je me dirigeai à grands pas vers le comptoir de la buvette et m'offris deux hamburgers et un double lait malté ; quand j'eus payé, je n'en pus avaler que la moitié. Décidément, c'était vraiment une matinée d'enfer.

De l'endroit où je me tenais, je voyais l'intérieur de la boutique. J'aperçus de nombreux membres de la bande de Gloria, mais aucun de la mienne. Alors, quand j'eus mangé et bu ce que je pouvais, je décidai d'aller faire un tour à l'anse.

Dévalant la jetée, je sautai dans un des canots, le détachai, contournai le promontoire à la rame, puis, cap au nord, je suivis la côte jusqu'à l'anse. L'une des raisons pour lesquelles nous avions jeté notre dévolu sur l'anse, c'était que, vue de la mer, elle ressemblait plus ou moins à n'importe quel chapelet de rochers bordant cette partie du littoral. Mais quand on se dirigeait droit sur un coin où se profilait une étroite ouverture, on se rendait compte que les rochers formaient une espèce de jetée courant parallèlement au rivage, qui abritait une petite plage dans son coude.

Je m'engageai dans l'endroit adéquat, franchis l'anse minuscule et j'attachai le canot à une souche d'arbre près du bord de l'eau. Puis je dépassai le coude au pas de course, contournai un gros rocher et je vis la bande au grand complet : Pete Minton (le frère de Percy), Sam Leggett, Tommy Klein, Luke et Mike Warner, et Matt Henry. Ils étaient tous allongés, à l'exception de Pete, qui était assis, adossé contre un rocher. De minces volutes montaient au-dessus de chacun d'eux. Puis je perçus l'odeur.

Je ne m'attendais pas à ça. On parlait toujours beaucoup de s'en procurer, mais l'herbe, dans le coin, est à peu près aussi facile à dégoter que les livres porno. Cependant, je ne pouvais plus faire demi-tour.

– Tiens ! Voilà le bûcheur ! dit Pete rêveusement.

– Comment vont les études ? demanda Mike.

– Et comment va le mec sans visage ? renchérit Tommy. Comment il s'appelle, les potes ?

– McLeod, firent-ils tous en chœur.

Ainsi, ils savaient.

– O.K.

Je m'assis et m'adossai à un arbre. J'étais vraiment secoué, mais je ne voulais pas le montrer. Même si je brûlais d'envie de savoir comment ils étaient au courant, je n'étais pas idiot au point de poser la question. Arrachant un brin d'herbe près d'un rocher, je le lissai entre mes pouces et soufflai dessus deux fois, produisant un frêle bruit strident.

– Bon Dieu, tu dois sacrément avoir envie d'aller dans cette chouette école, dit Pete.

– Tu ne connais pas la nouvelle ? Il veut devenir pilote. (Sam tira une longue bouffée de son joint.) « Partons, partons dans l'azur inviolé... »

Un gloussement l'interrompit.

– Va te faire foutre !

– Moi être navré, m'sieur. *Achtung ! Sieg Heil !* Mon cul !

– J'ai dit : Va te faire foutre !

– Oh ! la la ! Nous sommes bien susceptible ! Qui a dit que tu pouvais venir ici, au fait ? Tu ne fais plus partie de la bande.

– Ah ouais ? Alors, qui c'est qui va me virer ?

Ils planaient tellement que je ne prenais guère de risques en disant ça, bien que, même s'ils avaient été dans leur état normal, j'eusse pu accepter de me battre contre n'importe lequel d'entre eux seul à seul, y compris Pete, qui est plus lourd que moi. Aucun, parmi eux, n'est à proprement parler du genre athlétique.

Il n'y eut pas preneur, mais je compris que j'étais sur un terrain très dangereux. D'une façon ou d'une autre, j'ignore comment, ils savaient ce que je faisais et me viraient du club. Je m'allongeai et réfléchis. Nul besoin d'être un génie pour trouver la réponse : Meg avait fait preuve de bonnes intentions, mais ils savaient que personne ne m'obligeait à étudier. Si m'man ou l'école avaient eu l'idée des cours, j'aurais été là tous les après-midi à rouspéter. Et puis, ç'aurait été à la même heure chaque jour, après les cours. Les choses auraient été O.K. Je n'aurais été qu'une victime de plus de la terrible pression qu'exercent les parents et l'école sur les jeunes pour les forcer à réussir. Que je suive des cours de ma propre initiative faisait de moi un lépreux. Mais ils n'en avaient soufflé mot à personne, sinon Gloria l'aurait appris. Et m'man. Et Meg. Et vous pouvez parier qu'au coucher du soleil j'en aurais eu des nouvelles. En vertu de cette même logique, Meg l'ignorait le matin – j'avais l'impression que ma discussion avec elle remontait à l'année dernière. Ou bien le savait-elle ? Peut-être était-elle sur le point de me le dire quand elle était partie froissée. Cela me fit penser à McLeod, que j'avais pris soin d'écarter de mon esprit depuis que j'avais filé de chez lui. Salaud.

– Comment l'as-tu su ? demandai-je à Pete.

– Je t'ai vu monter deux fois là-haut et je t'ai suivi.

– Faux jeton.

– C'est toi, le faux jeton. Qu'est-ce qui se passe, avec le bahut de New York ?

– Rien. Je veux juste me tirer de la maison.

Il y eut un silence. J'attendais qu'il dise quelque chose à propos de Gloria et de son frère, souhaitant à demi qu'il le fasse et à demi qu'il ne le fasse pas, pour le cas où je devrais lui mettre mon poing sur la gueule. Mais il ne dit rien. Je voulais aussi lui demander si Percy était au parfum pour McLeod, histoire de me rassurer. Mais ç'aurait été une gaffe monumentale.

– Tire une bouffée, dit Pete en me tendant son joint.

C'était ce que je redoutais. J'avais été d'accord pour discuter des moyens de se procurer de la marijuana, parce que je ne croyais pas qu'il y eût la moindre chance d'en dégoter. Au bahut, je passais mon temps à l'entraînement – base-ball, football, basket-ball, hockey –, ce qui était une excuse acceptable si vous étiez un adepte du sport. L'unique fois où j'en avais fumé dans les vestiaires avec des garçons de ma classe, j'avais été si défoncé qu'ils avaient eu la trouille de me laisser rentrer à la maison. Non parce que l'école serrait la vis – la plupart des profs fumaient de l'herbe –, mais parce que le premier flic venu qui aurait vu ma tronche aurait compris aussi sec ce que j'avais trafiqué et que, dans l'état où j'étais, je lui aurais probablement dit où et avec qui. En fait, tout ce bazar m'effrayait et j'étais content de prétexter l'entraînement. J'avais l'impression – bizarre, mais forte – que l'herbe n'était pas pour moi, pas à cause de la loi ou de tout ce baratin qu'on nous servait au lycée.

Et ça n'avait rien à voir avec ce que faisaient les autres. C'était juste comme s'il y avait eu une espèce de sonnette d'alarme qui m'en tenait à l'écart.

Mais, pour l'heure, je n'étais pas à l'entraînement, Pete ignorait ce qui s'était passé au bahut et j'en avais marre d'être exclu. Je dis de façon aussi dégagée que possible :

– Ce truc me rend malade.

– Écoutez-moi ce boy-scout ! Tu es trop bien pour nous, Chuck. Tu ferais peut-être mieux de courir retrouver ton prof chéri.

– De toute façon, il dira sûrement à son petit prof chéri que tous ces vilains garçons fument de l'herbe.

– Je t'ai dit de la boucler ! Donne...

Je pris le joint de la main de Pete. Le nom de McLeod avait suffi. Avec précaution, afin de ne pas montrer quel novice j'étais, je tirai une bouffée, inhalant aussi peu que possible. Rien ne se produisit. Alors, j'en tirai une autre.

– Tiens, dit Pete, prends-en un entier.

Au début, ce ne fut pas comme la dernière fois aux vestiaires, probablement parce que j'y allais mollo. J'étais adossé contre un rocher. Après une ou deux taffes, je commençai à me sentir détendu. Puis je me sentis bien, comme si absolument tout allait s'arranger à merveille. Et, si tel n'était pas le cas, aucune importance.

– Comment McLeod a eu sa cicatrice ? demanda Pete.

Étant donné que tout fonctionnait au ralenti, il me fallut un moment pour répondre.

– Dans un accident de voiture, dis-je d'un ton rêveur.

McLeod m'avait bel et bien repoussé. Le souvenir du matin se détachait au sein de mon agréable brume, accompagné d'une légère pointe de douleur et de colère, alors j'ajoutai :

– Il était bourré et il avait un gamin avec lui qui a brûlé vif.

– Ouah ! Vous entendez ça, les mecs ?

L'impression de bien-être se dissipa. Quelque chose avait foiré, mais je préférais ne pas savoir quoi. Affolé à l'idée que les choses n'empirent, je repris une profonde bouffée.

Après ça, je suis infoutu de dire ce qui arriva. Par la suite, j'ai pensé que j'avais tourné de l'œil. Que je m'étais endormi. Que j'avais fait un cauchemar...

Le ciel et l'eau semblaient se confondre. Des mouettes volaient. Au bout d'un moment, elles parurent voler en formation, puis je remarquai qu'elles avaient des réacteurs et que ce n'étaient pas du tout des mouettes – c'étaient des avions. Puis j'eus l'impression – fantastique, merveilleuse – de flotter, car j'étais à bord d'un de ces avions, et tantôt j'étais dans le ciel, tantôt dans l'eau, sauf que c'était pareil. J'étais de plus en plus heureux. Enfin j'amerris, à la façon d'une mouette, je sortis de la carlingue et m'avançai, au milieu de gerbes d'écume, vers le rivage, où se tenait mon père. Je savais que c'était lui parce que le soleil étincelait dans ses cheveux d'or. C'était bizarre, aussi. Je ne voyais pas son visage, à cause du soleil qui brillait en plein dessus, il ne formait qu'une tache. Je dis à m'man, tandis que je progressais vers le rivage :

– Mais tu dois bien avoir une autre photo de lui *quelque part*. Sinon, comment je pourrai jamais savoir de quoi il avait l'air ?

Et elle dit :

– C'est justement pourquoi j'ai jeté les photos. Je ne veux pas que tu saches de quoi il avait l'air, parce que, alors, tu pourrais te mettre à lui ressembler et après, tu me haïrais comme il m'a haïe.

Ce qui est pile le genre de truc que vous pouvez attendre de la part d'une bonne femme.

– Mais c'est toi qui le détestais, dis-je. Et c'est pour ça que...

Je m'interrompis, parce que je me rendis soudain compte qu'à présent je voyais parfaitement le visage de mon père. Il avait une cicatrice rouge sur un côté, mais elle rapetissait. Il y avait aussi un truc bizarre, à propos de ses cheveux. J'aurais juré qu'ils étaient blonds. Je voyais maintenant qu'ils étaient poivre et sel. Et, brusquement, ce fut McLeod, moins la cicatrice. Il souriait et me tendait les bras. Je poussai un cri et me mis à courir vers lui. Et c'est là que les choses tournèrent mal, salement mal. Comment, je ne sais pas, mais le ciel avait quasiment viré au noir. McLeod avait le visage blanc comme de la craie et il était terriblement en colère. Si furieux que je compris qu'il ne me pardonnerait jamais et que, de toute façon, j'allais mourir, parce que j'avais oublié le courant sous-marin qui me tirait vers les profondeurs, qui me tirait au sein de cette eau où je ne pouvais respirer...

– Replonge-lui la tête, fit Pete.

– Non, tentai-je de dire tandis que ma bouche s'emplissait d'eau.

– Tu l'as noyé, à présent.

C'était Sam.

Je reçus une gifle cuisante, puis une autre. Lentement, je revins à moi. Le ciel n'était pas noir, il avait son habituelle couleur liquide de soleil et d'azur.

– Allez, Chuck ! Réveille-toi ! Tu veux nous faire avoir des emmerdes ? Si ta mère te voit et nous moucharde, la flicaille va débouler partout.

J'étais immergé dans l'eau jusqu'aux hanches, tout habillé. Les autres, à poil, faisaient cercle autour de moi. Pete me donna une nouvelle gifle.

– Réveille-toi !

J'essayai de lui lancer un coup susceptible de lui faire voler la tête, mais le seul résultat fut que je perdis l'équilibre et qu'il dut me soutenir.

– Je vais très bien. Lâche-moi.

– Bon sang ! Tu ne plaisantais pas, hein, quand tu disais que ça te rendait malade.

Je l'écartai d'une bourrade et me dirigeai en chancelant vers le rivage. J'avais à peine pris pied sur la plage rocheuse que j'eus vraiment envie de vomir. C'était peut-être l'herbe, peut-être l'eau de mer que j'avais avalée. Quoi qu'il en soit, j'eus l'impression de gerber mon petit déjeuner de l'avant-veille.

Je tremblais comme une feuille et mon front était moite de sueur, mais, au bout de quelques instants, je réussis à retourner vers l'océan, à me laver la figure et à rapporter un peu d'eau sur la plage pour nettoyer mes vomissures.

– Tu ferais mieux de raser les murs, dit Pete en enfilant son pantalon. Tu es une menace ambulante.

– Trop aimable.

– Tu peux repartir dans la barque, poursuivit-il de mauvaise grâce. L'un de nous pourra ramener le canot.

– Je peux le ramener moi-même.

– Comme tu veux. Pas besoin de te dire que si tu ouvres ta gueule, ça va saigner.

– N'aie crainte, dis-je sarcastique. Je sais garder un secret. (Je ravalai le mauvais goût dans ma bouche.) Ce que je t'ai dit au sujet de McLeod... garde ça aussi pour toi.

– À qui j'irais le dire ? fit Pete, montant dans la barque.

Je tentai de me persuader que, puisque McLeod était un saligaud, il ne l'avait pas volé. Mais je me sentais moche et je n'arrivais pas à me débarrasser de cette impression, comme si j'avais mis en branle un truc que je ne pouvais plus stopper. Je me hissai en chancelant à bord du canot et, gardant l'autre embarcation bien en vue, je doublai le promontoire.

Pour la première fois de cette journée infecte, le destin me sourit. La villa était vide quand j'y arrivai. J'ôtai mes vêtements trempés, passai un short et un pull, j'étendis mes frusques mouillées sur le toit du garage près de ma fenêtre où ils profiteraient du soleil couchant et je m'effondrai sur mon lit.

Tôt le lendemain, je descendis en douce boire du lait et me préparer mon petit déjeuner. J'étais affamé. Cependant, après avoir avalé deux bols de céréales, quatre tartines grillées enduites de beurre et de miel et deux verres de lait, je n'éprouvai pas mon ardeur habituelle. J'avais l'impression que ma tête était bourrée de coton et je n'avais qu'une envie : retourner me coucher. Je ne m'en sentais pas non plus pour aller chez McLeod. Pour tout dire, c'était le dernier endroit où je souhaitais aller. J'étais dans l'indécision la plus totale.

Je restais là, trop abruti même pour bouger, quand la porte s'ouvrit et que m'man entra. Et, pour couronner le tout, elle avait l'air bien réveillée. Si je n'avais pas été assis, on aurait pu me faire tomber avec un des faux cils de Gloria. M'man portait une robe de chambre en soie bleue, du genre *made in Hong Kong* ou par là, et ses cheveux étaient réunis sur le sommet de sa tête et noués par un ruban du même bleu. Elle était mignonne à croquer. Elle l'ignorait, mais j'étais là comme une glace sur une assiette préparée à son intention. Heureusement, je suppose, elle ne le savait pas.

– Où étais-tu hier, Chuck ?

Ah, c'était donc ça !

– Avec la bande.

– Qu'avez-vous fait ?

– Comme d'habitude. On s'est baignés, on a discuté.

– Avez-vous fumé de la marijuana ?

– Non. Où veux-tu qu'on en trouve, par ici ?

– Dans ce cas, pourquoi étais-tu éteint comme une chandelle quand nous sommes rentrées ? Meg et moi avons essayé de te faire lever, mais tu n'as pas bougé d'un poil. Je me fais du souci à ton sujet, Chuck. Meg m'a dit que tu t'étais déniché un coin pour étudier. Si c'est vraiment aux études que tu te consacres, alors, la seule chose que je puisse dire est ce que je ne cesse de te répéter : tu travailles trop. Tu devrais sortir avec tes copains.

Je me ressaisis.

– D'abord, tu me cuisines pour savoir ce que je trafiquais avec les autres, ensuite tu me dis que je devrais passer davantage de temps avec eux. (Je me levai péniblement.) Qu'importe ce que je fais – c'est mauvais. Eh bien, je vais réussir cet exam, comme ça je pourrai aller à St. Matthew's l'année prochaine. Voilà pourquoi je bosse.

– Je ne tiens pas à ce que tu ailles à St. Matthew's. Je ne tiens pas à ce que tu ailles dans un internat. Tu connais mon opinion là-dessus. Je ne sais pas si je t'autoriserai à y aller, même si tu décroches ton examen.

Drôle. Deux minutes plus tôt, je croyais ne plus jamais vouloir revoir McLeod, et j'avais à peu près autant envie de monter chez lui pour mon cours que d'aller en taule. L'ennui, avec m'man, c'est qu'elle ne comprenait pas quand elle avait l'avantage.

– Je ne retournerai pas à l'école de New York. Si tu ne me laisses pas aller à St. Matthew's, je me barre.

Elle parut effrayée.

– Tu ne peux pas... tu ne peux pas quitter la maison avant d'avoir seize ans.

– Eh bien, je partirai à seize ans et tu ne pourras pas m'en empêcher. Sais-tu combien de mecs de mon âge traînent leurs guêtres par tout le pays ? J'irai là où tu ne me retrouveras pas, et ne t'imagine pas que je n'aie pas de relations... j'en ai, comme chacun de mes potes.

Pure invention de ma part, mais m'man l'ignorait. Et vu comment vont les choses de nos jours, elle ne pouvait être certaine que je ne parviendrais pas à mes fins.

À ce moment-là, la porte grillagée s'ouvrit et Barry entra.

– Salut, dit-il.

Puis il fit un truc qui me scia littéralement. Il s'avança et embrassa m'man, en plein sur la bouche, comme si ça allait de soi. M'man rosit, ses yeux parurent s'agrandir et devenir plus noisette que jamais. Cela me fit sortir de mes gonds.

– Faites comme chez vous, dis-je sèchement.

Barry se retourna. Il pourrait perdre dix kilos, mais je dois dire en sa faveur qu'il n'a pas de ventre et n'a pas la chair flasque. Visage carré, yeux bleus, cheveux clairs – du moins, ce qu'il en reste –, M. Tout-le-Monde, à peu près aussi rose que m'man, ce qui ne lui seyait pas autant qu'à elle.

– Ta mère a accepté de m'épouser, Chuck. Je passais te le dire. Je suppose que je m'y suis pris de façon indélicate.

Il avait l'air de s'excuser, ce qui me dégoûta. La seule pensée qui me venait à l'esprit, c'était que si je lui avais témoigné tant d'insolence, McLeod, lui, aurait dit un truc glacial et sarcastique qui m'aurait remis à ma place. Songer à McLeod n'améliora pas mon état, notamment quand je me rappelai lui avoir attribué le rôle du marié. Un instant, j'essayai de l'imaginer en train d'embrasser m'man. Impossible. Cela ne marchait pas. J'ignorais pourquoi, mais ça ne marchait pas.

– Félicitations, dis-je. Un nouveau beau-père, exactement ce dont j'avais besoin !

Barry me regarda droit dans les yeux.

– En effet, Charles. Je le crois.

– Chuck ! dit m'man. S'il te plaît, sois gentil !

J'étais sur le point de sortir une autre vacherie quand je me souvins de quoi nous parlions quand Barry était arrivé.

– D'accord. Mes meilleurs vœux et tout ça. Mais je ne retournerai pas dans cette école à New York.

– Est-ce à St. Matthew's que tu veux aller ? demanda Barry en se dirigeant vers la cuisinière pour se verser du café.

– Ouais.

– Ce n'est pas un mauvais établissement.

Je m'apprêtais à livrer bataille ; je fus pris de court.

– Je croyais que St. Matthew's avait la réputation d'être horrible, dit m'man.

Barry avala une ou deux gorgées de café.

– L'école a connu des moments difficiles. Il n'y a plus de problème, à présent. Et le nouveau proviseur renforce le programme d'études... Evans, tel est son nom, je crois.

– C'est le type qui m'a écrit.

Gloria entra. Les deux bandes horizontales du rien tricoté qu'elle portait n'auraient pas rempli une tasse à thé. Sans compter qu'elle avait l'air d'une tempête ambulante.

– Ne crains-tu pas de te sentir à l'étroit dans tous ces vêtements ? dit Barry.

– Gloria, remonte enfiler une chemise, dit m'man. Tu es quasiment nue.

– Et alors ? Je suis chez moi.

Gloria mit de l'eau dans la bouilloire et plaça celle-ci sur la cuisinière. Puis elle prit un bol et se versa des céréales.

– S'il te plaît, Gloria !

– Après mon petit déjeuner... peut-être.

M'man eut l'air malheureux.

– Tu connais la nouvelle ? dis-je, curieux de savoir ce que cachait sa mine renfrognée. M'man va épouser Barry.

– Je l'ai su hier.

– Ne manifestez pas votre joie avec une telle exubérance, dit Barry avec gentillesse, cela pourrait me monter à la tête.

Gloria continua de manger. Barry alla se placer à côté d'elle.

– Écoutez, j'aimerais que nous soyons amis. Cela sera beaucoup plus facile pour moi et, surtout, pour votre mère. Elle apprécierait d'avoir un minimum de soutien moral.

– Ce n'est pas comme si c'était la première fois.

– De votre point de vue, à toi, à Chuck et à Meg, c'est somme toute une assez bonne chose, non ?

Gloria, sans le regarder, avala une autre cuillerée de céréales.

– Vous avez Meg dans votre poche.

Telle est notre Gloria – si elle n'a pas la vedette, elle ne joue pas.

– Oui, Dieu merci ! dit Barry. Et la voici ! Comme les marines.

J'ignore si Meg avait entendu ou non la discussion. Elle s'approcha de m'man et lui donna un baiser sur la joue, puis elle avança vers Barry. Elle ne se contenta pas de l'embrasser, elle jeta ses bras autour de lui. Il se pencha, l'étreignit avec la maladresse d'un ours et la souleva du sol.

– Vous allez vous choper une hernie, dit Gloria.

M'man la foudroya du regard.

– Gloria... Ce n'est pas gentil !

Barry reposa Meg.

– Cela le vaudrait bien. Nous allons entreprendre un régime, tous les deux, après la noce, Meg.

Je voulais retourner au lit et dormir pour éliminer tout ce coton que j'avais dans la tête. Ce n'est pas que j'avais mal au crâne, non. Je me sentais drôle, un peu à côté de la plaque. Mais la maison, à l'évidence, n'était pas l'endroit rêvé pour pioncer ce jour-là. Et puis, à présent, je tenais plus que jamais à aller à St. Matthew's. Et, pour changer, j'avais, semble-t-il, peut-être un allié.

Je posai bruyamment bol et assiette dans l'évier et me dirigeai vers la porte.

– Chuck, où vas-tu ?

– Bosser.

– Où... où étudies-tu ?

Il y eut un court silence, puis j'eus une inspiration.

– Au-dessus de l'anse.

Le plus beau de l'histoire, c'est que c'était vrai. La falaise de McLeod surplombait l'anse d'une soixantaine de mètres. Sauf que je me gardai de préciser que ça se trouvait également à plusieurs kilomètres au-delà sur la côte.

– Où mets-tu tes livres ?

– Il y a une cabane abandonnée.

Vrai aussi. Je pouvais même y entreposer deux vieux textes pour déjouer un éventuel espionnage.

Barry m'observait. De même que Gloria. Je sentais mon visage devenir brûlant.

– À plus tard, marmonnai-je, m'apprêtant à partir.

– Au fait, dit Gloria, se levant pour verser de l'eau chaude dans la cafetière, ton animal pelé a failli mordre Percy, hier. Tu sais très bien que s'il mord qui que ce soit, le vétérinaire devra le piquer.

– Et que lui faisait Percy ? dis-je, en colère.

– Il essayait juste de lui enlever une bécasse... Comme l'aurait fait toute personne pleine d'humanité.

– Moxie est forcé de chasser. Personne ne le nourrit, par ici. Tu n'as pas le droit de t'en mêler et tu peux dire à ton petit copain scrofuleux de laisser ses sales pattes loin de lui, sinon je...

– Tu feras quoi ? Le tabasser ? Il fait partie de toutes les équipes de sport de son collège. Il te démolirait en moins de deux, Chuck.

Je bouillais encore de fureur quand Barry dit :

– Personne ne va faire de mal à Moxie, Chuck. Alors, calme-toi. Elle l'a dit juste pour te faire marcher. Quand finiras-tu par comprendre ?

Meg s'était levée ; elle vint à la porte.

– Allez, Chuck, viens.

Tandis que nous descendions l'allée pour rejoindre la route, je dis enfin :

– Très bien. Elle m'a tendu un piège et je suis tombé en plein dedans. Mais pourquoi elle fait ça, bon sang ?

– Quelle importance ? dit Meg. En plus, tu connais la réponse. Il faut qu'elle soit la vedette, comme dans la pub.

– Mais pourquoi moi ?

– Parce que tu es à portée de main. Parce que tu marches. Parce qu'elle est jalouse de toi.

– Jalouse de quoi, nom d'un chien ? Tu veux dire que ça remonte à quand on était bébés ?

– Ça se peut. Je n'y étais pas. Tu es beau et les gens t'aiment bien. Gloria est belle, elle aussi, mais les gens ne l'aiment pas. Elle essaie à toute force de les séduire, mais, au bout d'un moment, tous fichent le camp. Toi, c'est le contraire. Les gens aimeraient se rapprocher de toi, seulement tu les tiens à distance. As-tu fumé de l'herbe, hier ?

Ce brutal coq-à-l'âne me dégrisa.

– Ça te regarde ? Je suppose qu'à présent tu vas le dire à Barry.

C'était ignoble, je le savais, et j'eus honte aussitôt. Mais je me sentais si moche qu'il fallait qu'un autre le fût aussi.

Meg pila net.

– Non, je ne le dirai pas à Barry, bien que, parfois, je trouve que je le devrais. Si tu deviens accro, je ne pense pas que je te rendrais service en me taisant. Sauf que ça me préoccupe moins qu'avant, car tu n'es plus mon ami. Je suppose que tu es celui de McLeod. Entre parenthèses, je ne vois pas pourquoi tu ne peux être mon ami et le sien. Mais, bah... t'inquiète pas, je m'en moque, maintenant.

– Megsy !

– Fiche-moi la paix ! Je suis *contente* que Barry épouse m'man. Tu me prends à présent pour une casse-pieds, mais il m'*aime*, lui.

Elle retira brusquement son bras et traversa la route en flèche en direction de la plage.

Joey s'était fait lire une fois l'avenir et ça l'avait hyperexcité, parce qu'on lui avait prédit une belle carrière politique, mais aussi qu'il ferait peut-être de la prison. Mais, comme dit Joey, de nos jours l'un va souvent de pair avec l'autre, et il projetait de s'inscrire à la fac de droit en manière de préparation à la politique.

Je lui avais dit que le droit pourrait aussi lui être utile s'il faisait de la taule, et il m'avait donné raison.

Là où je veux en venir, en fait, c'est que j'avais toujours considéré ces trucs d'horoscope comme une vaste fumisterie, mais je commençais à me demander si ma lune, ma planète ou je ne sais trop quoi ne transitait pas ces deux derniers jours dans un endroit pas terrible, parce que tout marchait de travers.

J'étais toujours furax à cause de McLeod et j'étais en train d'y penser quand je me souvins tout d'un coup de l'autre truc qui m'embêtait : je l'avais trahi.

Je m'immobilisai. J'avais dit à Pete que McLeod conduisait en état d'ivresse et avait tué un gamin. J'aurais maintenant donné n'importe quoi pour avoir tenu ma langue. Lorsque j'imaginais l'usage qu'ils pouvaient tirer de mes infos – et comment, inévitablement, m'man serait mise au courant de mes activités de la journée –, je fus couvert de sueur froide. J'avais fait ça parce que j'étais en rogne, et, je suppose – je n'aimais pas m'appesantir là-dessus – pour regagner les bonnes grâces de Pete et des autres. Tu parles d'un faux jeton !

Je me remis en marche. Le reste du trajet, j'essayai de me persuader que le comportement qu'avait eu McLeod envers moi justifiait ma conduite. Ça ne marchait pas des masses. Je me sentais toujours dans la peau d'un salaud. Si la situation familiale s'était améliorée au lieu d'empirer, avec Barry venant grossir l'effectif et ajouter un membre dans notre appart, j'aurais fait demi-tour. Mais tel n'était pas le cas ; alors, je poursuivis ma route.

8

Quand j'entrai dans la bibliothèque, McLeod, debout devant la cheminée, fixait ce qui devait être les cendres de la nuit. Ça paraît dingue, mais, là-haut, même début août, une petite flambée n'est pas superflue la nuit.

Il leva les yeux.

– Désolé d'être en retard, marmonnai-je.

Et je me glissai sur ma chaise devant la table.

– Je veux te parler, dit-il avec brusquerie.

Pendant une minute interminable, je me demandai s'il savait déjà que j'avais cafté.

– Oui ? (Et d'ajouter, sans grande conviction :) Monsieur.

Mais ce n'était pas ce que je redoutais. C'était pire, en quelque sorte. À sa façon typique, il alla droit au fait.

– Je regrette à propos de... à propos de ce qui s'est passé hier. Je t'ai dit une fois que je vivais seul depuis trop longtemps. Je t'accusais de toujours fuir. Eh bien, c'est ce que j'ai moi-même fait. Sauf que, au lieu de fuir, j'ai bâti un mur. D'être écrivain facilitait les choses ; gagner ma vie en restant ici ; être seul et éviter les gens.

Un entêtement orgueilleux me fit dire :

– Ça n'a pas d'importance.

Il me regarda.

– Vraiment, Charles ? Dans ce cas, pourquoi es-tu parti si brusquement ?

Je n'avais pas de réponse. Ou, plutôt, je ne voulais pas en donner. Nous demeurâmes un moment silencieux.

– Eh bien ?

Rien.

– Si tu arrives à me convaincre que je ne t'ai pas fâché, ou blessé, alors je n'insisterai pas.

Il me tendait la main, mais je m'interdis de la prendre. Je ne m'en sentais pas le droit, après ce que je lui avais fait.

– Pourquoi ne pas simplement oublier tout ça ?

– C'est ce que tu souhaites ?

– Oui.

– Très bien. Revenons-en à Virgile.

Mais ce n'était pas ce que je souhaitais. Tandis que nous progressions à la vitesse d'un escargot dans cette lugubre histoire de Carthage, ce que j'avais dit à Pete se tenait là tel un fantôme, prenant de plus en plus d'ampleur. J'étais incapable de me souvenir de mots que je connaissais sur le bout du doigt. J'aurais aussi bien pu découvrir des passages entiers que nous avions déjà étudiés. Pour finir, McLeod posa son livre.

– Qu'est-ce que tu as ? On dirait que tu n'as jamais vu ce texte. Nous l'avons étudié il y a quelques jours.

L'étrange impression d'être à côté de la plaque avait refait surface. L'herbe n'affecte aucun de mes copains à ce point-là – du moins à ma connaissance. Puis je me rappelai avoir entendu dire au bahut, ou avoir lu dans un de ces tracts débiles dont on nous abreuve sans arrêt, que certaines personnes ne pouvaient en fumer, de la même façon que d'autres ne supportaient pas l'alcool. Cela me fit penser à mon père. Pourquoi ? Mystère. Puis je me souvins du rêve que j'avais fait à l'anse.

– Charles !

La voix de McLeod me cingla comme un coup de fouet. Soudain, je le vis au-dessus de moi.

– Qu'as-tu fait hier ? demanda-t-il. Après ton départ d'ici ?

M'man m'avait posé la même question, mais ce n'était pas pareil. En plus, je l'avais plantée là pour venir ici. À présent, je n'avais plus d'endroit où aller et, s'il y en avait eu un, je n'étais pas du tout certain d'être capable d'y aller, ou de le vouloir.

– Je suis allé rendre visite à mes potes dans l'anse.

– Et ?

– J'ai fumé de la marijuana.

Et vlan ! Voilà que j'avais mouchardé Pete et les autres ! Mais ça ne me faisait pas le même effet que d'avoir mouchardé McLeod. J'attendis qu'il passe à l'attaque.

Mais non. Pas tout de suite, en tout cas. Puis il dit avec lassitude : « Mon Dieu ! », avant d'aller se camper devant la fenêtre.

– Puisque votre génération picole, pourquoi la mienne n'aurait pas le droit de fumer de l'herbe ? Quand vous étiez au lycée, ça ne vous est jamais arrivé de boire de la bière en cachette ?

– Si.

– Eh bien, chacun son truc...

– Comment te sens-tu ?

– Bien. Quel rapport ?

– Parce que tu as du mal à te concentrer... Je ne t'apprends rien.

– Ah oui ? Vous avez déjà eu la gueule de bois ?

– Je croyais que la marijuana n'en donnait pas.

– Je n'ai pas la gueule de bois. Écoutez, Mc... monsieur McLeod ! Ce que je fais quand je ne suis pas ici ne regarde que moi.

À l'instant même où je prononçais ces mots, je compris mon erreur. C'était lui fournir l'ouverture idéale pour qu'il me rappelle que c'était mon idée si j'étais là, pas la sienne. Je retins mon souffle.

– En effet. Mais étant donné qu'essayer de t'enseigner quelque chose quand tu es dans cet état-là équivaut à fairer tinter une cloche enveloppée dans de la ouate, je te saurais gré de t'abstenir de fumer tant que je te donnerai des cours. C'est-à-dire si tu souhaites réussir cet examen... et ne pas me faire perdre mon temps et le tien.

Cela était plus dans la manière de l'ancien McLeod. Mais la semonce était tellement plus douce que ce à quoi je m'attendais que j'en fus presque déçu. Sans compter que, de toute façon, je n'avais pas la moindre intention de repiquer à l'herbe.

Il s'approcha de la table et ferma le livre.

– Accorde-toi donc une journée de congé. Tu ne fais rien de bon. Reviens quand tu iras mieux.

Je revins le lendemain. Sans tenir une forme olympique, je n'étais pas aussi sonné que la veille. Une autre bonne nuit de sommeil m'avait fait beaucoup de bien.

Tandis que les jours s'écoulaient, je bossais d'arrache-pied, plus dur qu'avant. En fait, je m'efforçais d'effacer ce geste stupide que j'avais eu, cette espèce d'élan qui m'avait poussé vers lui. J'avais l'impression que ce fameux matin remontait aux calendes grecques, alors qu'il ne datait que d'une semaine. Je me surprenais à y penser chaque fois que je ne potassais pas. Je ne comprenais pas ce qui s'était passé. Je ne comprenais pas McLeod. Jusqu'à moi-même que je ne comprenais pas. Mais je voyais très bien ce qu'il avait voulu dire quand il avait parlé d'un mur, car il s'était retranché derrière.

À l'arrière-plan, j'étais vaguement conscient que m'man et Barry papillonnaient dans une espèce de vie mondaine. Barry, qui avait quitté son cabinet d'avocat pour prendre ses vacances, résidait officiellement chez des amis au bout de la route de la plage, mais chaque fois que j'étais à la maison, je l'y retrouvais, plongé dans des discussions oiseuses à propos de la date du mariage, de la recherche d'un appartement et de ce que Gloria, acide, appela un jour du kitsch bourgeois. Je tentai à une ou deux reprises – assez mollement – de parler à Meg ; mais comme elle avait cessé ses visites aux aurores et que j'étais hors de la villa toute la journée, je n'en avais guère l'occasion. Avec mes levers matinaux, mes aller et retour chez McLeod et mes six heures de boulot dans l'intervalle, j'avais tendance à piquer du nez pendant le dîner. Dieu merci, m'man était trop éperdue d'amour pour me poser d'autres questions insidieuses au sujet des endroits où j'allais et de ce que je faisais. Et puis, Gloria étant la seule opposante aux réjouissances générales, Barry et m'man concentraient leurs forces pour faire sa conquête. Ils les emmenaient partout, Percy-sans-Pareil et elle : réceptions dans le vent, représentations théâtrales, festivals où l'on écoutait du Beethoven non-stop sous les arbres. Pas si bête, ma sœur Gloria. Elle s'amadouait, mais pas trop vite, afin que leur sollicitude et leur désir de lui plaire ne se relâchent pas. Je constatais leurs progrès tous les soirs, au cours du dîner. Un sourire suave et un coup d'œil oblique à Barry avaient remplacé son habituelle mine renfrognée. Je doutais un peu que Barry en fût dupe. Mais cela rendait m'man heureuse, ce qui – je devais l'admettre à mon corps défendant – était pour lui l'essentiel. J'en conclus également qu'il n'était pas aussi stupide que je l'avais cru. À sa manière, il jouait le jeu de Gloria avec une prudence égale à celle qu'elle manifestait. Ce qui, dans le cas de Barry, signifiait se camper là, aussi imperturbable qu'une souche d'arbre, tandis que Gloria hennissait, caracolait et interprétait son rôle de sirène, de sorte qu'elle ne savait où elle en était... et (naturellement) ne pouvait cesser son numéro de charme. Mais Barry multipliait les sorties et elle ne pouvait s'aigrir de ne marquer aucun but.

Quand Gloria n'était pas là, la façade glacée de Barry entamait un dégel. Meg, je suppose, avait pigé la stratégie de Barry, car, Gloria absente, il rigolait et plaisantait avec elle, ce qui la faisait s'épanouir comme un tournesol. Elle était si heureuse, en fait, qu'elle se mit à manger moins et à ressembler davantage à une ébauche de fille qu'à un pot à tabac. J'étais trop préoccupé pour le remarquer vraiment, mais m'man et Barry en parlaient souvent, et Meg resplendissait un peu plus chaque jour.

Personne ne me prêtait grande attention. Je crois que Barry avait persuadé m'man que faire mes études à St. Matthew's n'était pas le drame du siècle. Parce que, à part d'avoir dit une fois : « Je pense que tu ne prends pas assez d'exercice, Chuck », elle me fichait une paix royale.

Curieusement, McLeod me dit un jour la même chose. J'étais dans les limbes, à l'époque. Après ce qui était arrivé à l'anse, je n'avais nulle envie d'y retourner. Le seul fait de penser à Pete redéclenchait mon sentiment de culpabilité. D'un autre côté, l'espèce de relation « portes ouvertes » qui m'avait naguère retenu là-haut jusqu'après cinq heures semblait révolue. Tantôt, j'avais l'impression qu'il avait claqué la porte ; tantôt, que c'était moi. Je n'étais pas heureux. Je voulais que lui et moi soyons amis, mais chaque fois que je tentais plus ou moins de me rapprocher de nouveau de lui, j'avais l'impression d'être comme Richard se dérobant devant un obstacle. Je n'arrivais pas à m'expliquer ça, car c'était nouveau pour moi. J'avais toujours été un solitaire. M'man et les cinq psys du bahut en avaient discuté avec moi au point de m'en donner la nausée. Jusqu'alors, j'avais jugé que c'était une bonne chose : cela me permettait une certaine liberté. À présent, tout ce qui me venait à l'esprit, c'était que j'avais mouchardé McLeod. Ça me rendait plus malade que jamais. En fin de compte, j'avais un mur autour de moi, de plus en plus haut. Et plus il s'élevait, moins je pouvais y faire quoi que ce fût, et plus j'étais en rogne contre McLeod.

Puis, un jour où je me montrais particulièrement bouché, il dit :

– Je crois que tu devrais prendre davantage d'exercice.

– J'en prends assez.

– À faire quoi ?

– Monter jusqu'ici puis redescendre, par exemple.

– Pour un garçon – et un garçon athlétique – de ton âge, qui cherches-tu à abuser ? (Il se tut.) Et la natation ?

– Il fait trop froid.
– Je ne savais pas que tu étais en si mauvaise forme.
Je vis à la pendule de la cheminée qu'il était onze heures vingt.
– N'est-ce pas l'heure de votre balade à cheval ?
– Cela peut attendre.
Il me regardait, et je m'efforçais de déchiffrer son expression. Je n'y voyais assurément pas la chaleur que j'y avais lue une fois. Parfois, je songeais que je donnerais tout au monde pour l'apercevoir de nouveau, mais au moment où la pensée se formait dans ma tête, une terrible vague de culpabilité me submergeait. Et alors, j'étais pareil à une voiture qui cale.
– Bon. Cela ne nous mène nulle part.
Il se leva et quitta la pièce. Soulagé, j'attendis d'entendre les sabots de Richard. Mais, peu après, McLeod était de retour, tenant un sac à dos.
– Viens.
– Où ?
– Peu importe. Viens, c'est tout.
Il avait donné l'ordre dans son style impérieux habituel et il était plus facile d'y obéir que de le contester. En outre, je n'étais pas d'humeur hyperbelliqueuse.
À mon étonnement, il me fit descendre le sentier jusqu'à sa voiture.
– Monte.
– Où... ?
– Allez, monte !
Il me vint vaguement à l'esprit que quelqu'un risquait de me voir avec lui. Mais cela non plus n'importait guère. Quand nous arrivâmes à la grille, au lieu de tourner à gauche sur la grand-route, il s'engagea à droite sur la route de la falaise, qui devenait de plus en plus étroite et impraticable à mesure qu'elle grimpait.

Mais la vue, du sommet, était vraiment spectaculaire. Pour moi, c'était une grande première.

– Ouah ! dis-je.

L'océan était d'un bleu profond qui, par endroits, virait à l'émeraude. Ni maison ni âme qui vive en vue. Juste des collines vert foncé à gauche et en face de nous et, à droite, le haut profil de la falaise et l'océan.

– O.K. Descends.

– Où allons-nous ?

Il fit le tour de la voiture.

– Nous allons jouer à « Suivez le chef ». Je mène. Tu suis.

– Bien, chef, marmonnai-je.

Pour qui me prenait-il ? Pour une troupe de boy-scouts ? Mais, bon sang, sûr qu'il savait se remuer !

Nous filâmes droit sur le bord de la falaise, puis, horrifié, je le vis sauter dans le vide. Il se retourna et, devant mon expression, se mit à rire.

– Ne t'inquiète pas. Il y a un sentier.

En effet : rocheux, descendant en courbes lentes vers un endroit où, pour changer, la falaise formait un renflement au lieu d'un creux. Par places, c'était l'affleurement rocheux qui constituait le sentier ; à d'autres, il semblait avoir été martelé.

– Es-tu sujet au vertige ? demanda McLeod.

– Non.

Il amorça la descente. Je suivis.

– Vous devez être un bon grimpeur, dis-je.

– Oui.

– Où avez-vous fait de l'escalade ?

– Rocheuses, Alpes, Dolomites.

– Et l'Everest, ça ne vous disait rien ?

– Trop de monde.

Quelques minutes plus tard, nous nous arrêtions sur de gros rochers plats.

– Nous y sommes. (McLeod sortit des serviettes et un maillot de bain de son sac à dos.) Enfile ça.

Il m'allait, mais avait un look vieillot.

– Il remonte au Déluge, ou quoi ?

– Je me doutais que tu dirais ça. C'était à moi quand j'avais à peu près ton âge.

Il avait passé le sien sous son jean ; il n'eut donc qu'à enlever son fute et à retirer son pull. Je suppose qu'il venait souvent ici avec Richard, car son hâle était beaucoup plus foncé que le mien. Mais tout un côté de son torse et une de ses jambes portaient des cicatrices de brûlures, certaines rouge vif, d'autres plus pâles, la peau brillante. Comme sa figure, l'autre moitié était intacte, très mince, excepté les muscles noueux aux épaules, aux bras, aux cuisses.

– Plonge, Charles. Ça a l'air d'une baignoire, mais c'est trompeur. Il y a un courant sous-marin. J'y vais le premier. (Sur ce, il s'avança jusqu'au bord du rocher et plongea. Il émergea une dizaine de mètres plus loin.) Qu'est-ce que tu attends ?

Je me mis au bord et plongeai à mon tour. Une quinzaine de jours s'étaient écoulés depuis mon après-midi à l'anse, et l'eau, de ce côté-ci du promontoire, était plus froide. Le choc manqua me paralyser. Je refis surface, plus par instinct qu'autre chose. McLeod s'était rapproché de moi.

– Très bien. Nage. Droit devant toi.

Dans cette eau glaciale, pas question d'hésiter : je me lançai. Mes muscles réagirent et, soudain, je me sentis beaucoup mieux. Aspirant de profondes goulées d'air, je fendis l'onde. Je n'avais pas nagé comme ça depuis un bail – la plupart du temps, à l'anse, à la jetée ou à la plage, on ne faisait que barboter. Je continuai jusqu'à épuisement de mon plaisir ; McLeod, à deux mètres de moi, maintenait l'allure. Je me mis à jouer. Je me retournai et plongeai, puis refis surface, roulai encore pour me mettre sur le dos, battant violemment des pieds, puis je m'essayai à un plongeon arrière. Tandis que je remontais, j'aperçus McLeod au-dessus de moi dans l'eau ; je lui donnai un petit coup de tête dans l'estomac et, riant, m'éloignai comme une flèche une fois revenu en surface. Je me sentais merveilleusement bien. Il fit demi-tour, secouant la tête pour chasser l'eau de ses cheveux, et se lança à ma poursuite. Sachant que je ne parviendrais pas à le semer, je replongeai, nageai sous l'eau en jetant des coups d'œil alentour ; et je le vis. Je refis surface et changeai de direction, puis replongeai et lui redonnai un coup de tête dans le flanc.

J'oubliai que c'était un adulte, un professeur, et qu'il avait quarante-sept ans. J'oubliai même ce que je lui avais fait. J'oubliai tout sauf l'eau, et le fait de m'y trouver, de poursuivre, et d'être poursuivi, loin de la rive, avec rien autour, aucun mouvement, nous deux exceptés. C'était comme de voler. Je suis libre, songeai-je tout à coup. Et cette idée était si fantastique que je lui redonnai un coup de tête en remontant. Nous nageâmes encore un peu, cette fois parallèlement au rivage, puis jouâmes encore un peu, puis rejoignîmes notre point de départ.

– O.K. Rentrons, dit-il.

Il se dirigea vers le rivage. Je fis demi-tour et nous nageâmes de conserve, bien qu'il fît environ une brasse pour trois des miennes. Si je n'avais pas vu où le portait une seule brasse, j'aurais pensé qu'il flemmardait.

En me hissant sur le rocher, je me rendis compte que si j'étais resté dans l'eau plus longtemps, j'aurais été fatigué et non pas détendu. Le soleil était brûlant et nous étions allongés sur des serviettes, sur un gros rocher plat surplombant celui qui nous avait servi de tremplin.

Cette bienheureuse sensation d'euphorie aurait dû se transformer en somnolence ; toutefois, alors que j'étais décontracté, ce ne fut pas le cas. C'était comme si, en sortant de l'eau, j'avais perdu cette impression de liberté. Dommage, pensai-je, vraiment dommage. Mais l'horrible poids était de nouveau là.

Puis McLeod, allongé à mes côtés, tendit la main et étreignit mon bras, exactement comme je lui avais fait moi-même quinze jours plus tôt.

– Bon, Charles. Quoi que ce soit, dis-le. Ce n'est pas de l'indiscrétion de ma part. Mais tu ne peux porter ce fardeau davantage. Et je ne pense pas pouvoir rester spectateur plus longtemps. Cela te mine.

J'eus envie de me lever et de partir, mais sa main était là, qui me tenait. Je l'imaginai la retirant quand il apprendrait ce que j'avais fait. Je songeai à l'eau et à l'après-midi.

Sa main se resserra sur mon bras, tel un étau.

– Vas-y, fiston.

Peut-être fut-ce à cause du « fiston », bien que je n'aie jamais aimé qu'on m'appelle ainsi.

– Je vous ai trahi. J'ai dit à Pete, le jour où nous fumions tous de l'herbe, de quelle manière vous aviez eu votre brûlure, que vous aviez bu et qu'il y avait un gamin avec vous. Ce n'était même pas que j'étais défoncé – je l'ai été plus tard, un mauvais trip, vraiment, pas alors. Je voulais seulement... je vous en voulais à mort. Vous m'aviez donné l'impression que je vous avais fait du plat. Et mes potes étaient furieux contre moi à cause de mes cours et ils savaient que je venais chez vous, parce que Pete m'avait vu. Alors, il m'a demandé comment vous aviez eu votre brûlure. Et je le leur ai dit. Je suis désolé, McLeod. Je me fais l'effet d'être un salaud intégral. Une véritable ordure.

J'aurais aimé me mettre à chialer comme un bébé. Mais c'était impossible, bien sûr ; je plaquai mon autre bras sur mes yeux, comme pour me protéger du soleil. Curieusement, il n'avait pas retiré sa main. J'attendis de voir s'il le ferait à retardement, mais non.

– C'est ma faute autant que la tienne. Je savais que je t'avais... que je t'avais blessé, c'est pourquoi j'ai essayé d'en parler avec toi. J'aurais dû t'obliger à m'écouter. Ainsi tu n'aurais pas eu à traîner ce fardeau.

Mais ledit fardeau avait roulé à bas de mes épaules.

– Alors, nous sommes toujours amis ?

– Oui, Charles. Toujours amis.

L'impression fantastique que j'avais éprouvée dans l'eau, pareille, je suppose, à une espèce de griserie, revint. Le soleil était chaud sur ma peau. L'air sentait le sel, les pins, l'herbe (la vraie !) et le foin. Je me sentais superbien. Je bougeai le bras qu'il tenait ; il le lâcha aussitôt. Mais alors, je glissai ma main dans la sienne. Je sentis ses doigts se refermer sur les miens.

Un peu plus tard, il dit :

– Parle-moi de ton mauvais trip.

Je le lui racontai, puis le rêve. Jusqu'alors, je n'y avais guère pensé. Mais quand j'eus terminé, je dis :

– Je suppose que ça veut dire que je voudrais que vous soyez mon père.

– Je le voudrais, moi aussi.

– Avez-vous des fils ?

– Non.

Mon esprit gambergea. Puis je dis :

– Meg m'a demandé si je pensais que ça vous plairait d'épouser m'man.

J'entendis un rire étouffé.

– Ta mère n'apprécierait peut-être pas.

– Possible. Mais quand je songe à Boule de poil et au père de Meg, je crois qu'elle serait ravie.

– Te souviens-tu de ton père ?

– Un peu. (Puis, venu de nulle part :) C'est drôle, j'ai l'impression qu'il y avait quelque chose avec lui. Un truc que les autres savent, mais pas moi. (Je lui racontai la bagarre à la plage trois ans plus tôt avec Gloria.) Mais pas moyen d'apprendre quoi.

– Alors, ne t'obstine pas. Et si un jour tu découvres de quoi il s'agit, n'aie pas le cœur brisé. Nous sommes tous faillibles. Moi. Toi.

J'imaginais sans mal ce que diraient les copains, y compris Joey, de mes sentiments pour McLeod. Mais, étendu là près de lui sur le rocher, je m'en fichais. Je me fichais de tout. Le reste du monde était à des années-lumière, insignifiant.

– Je vous aime beaucoup, dis-je.

Quelque chose battait dans sa main, ou dans la mienne, je ne pouvais dire laquelle. J'avais envie de le toucher. Ôtant mon bras de sur mes yeux, je le tendis et je touchai son flanc. La peau brûlante était ferme sur ses côtes. Je compris alors que, dans ma vie, je n'avais jamais été si proche de quiconque, pas de cette façon-là. Et j'eus envie d'être plus proche encore.

Mais, à ce moment-là, McLeod s'assit, puis se leva. Il respira un instant debout, le visage détourné, avant de sauter sur le rocher d'en dessous. Peu après, il était de retour, habillé. Il me sourit.

– Debout ! Tu ne t'en rends peut-être pas compte, mais si tu t'attardes davantage, tu vas attraper froid.

– Foutaises !
– Peut-être. Aurais-tu oublié que tu as encore trois heures de travail ? Sans parler de manger un morceau.
– On ne pourrait pas prendre la journée ? demandai-je, d'une manière aussi charmeuse que possible.
– Sûrement pas ! Habille-toi. La grimpette de retour jusqu'au sommet de la falaise devrait te réveiller. Je pars en avant. C'est plus facile de monter que de descendre.

Tandis que la voiture cahotait sur le sentier et que McLeod donnait des coups de volant pour éviter les pires nids-de-poule, marmonnant dans sa barbe quand on s'en payait un, un truc qui me tracassait me fit soudain dire :
– McLeod...
– Oui ? Tu peux m'appeler Justin, au fait.
J'étais aux anges.
– D'accord.
– Que voulais-tu me demander ?
Je lâchai tout d'une traite :
– Est-ce que je suis un pédé, à votre avis ?
– Non, je ne crois pas. (Il me jeta un coup d'œil.) À cause de cet après-midi ?
– Oui.
– Non. Tout le monde a envie et besoin d'affection, et tu n'en as pas eu beaucoup. Tu es aussi un garçon qui a cruellement besoin d'un père.
C'était ce qu'avait dit Barry. Mais je ne lui parlai pas de m'man et de Barry. Je refusais de penser à la maison. J'avais l'impression d'être dans une espèce de cocon, et je ne voulais pas en sortir.

9

Je vécus un mois dans ce cocon douillet. Bien sûr, je ne savais pas que ce temps béni n'allait durer qu'un mois... ou peut-être si. Mais chaque fois que l'idée d'une fin éventuelle me venait à l'esprit, je la repoussais, et, peu à peu, j'en vins à croire que ça durerait toujours.

J'oubliai tout le reste – la famille, la bande, l'anse, New York, jusqu'à St. Matthew's et l'examen imminent qui était la raison première de ma présence ici. Et les Parques qui avaient naguère conspiré pour tout saborder dans ma vie se ravisaient à présent et me facilitaient les choses.

D'abord, pendant de longues périodes, ma famille n'était même pas là. Barry passait la fin de ses vacances avec m'man à New York, en quête d'un nouvel appart. Le père de Gloria était revenu de son institut de recherche avancée sur la côte et l'avait invitée à les accompagner, sa femme et lui, au Mexique pour deux semaines. Gloria n'était pas si extasiée que vous pourriez le supposer. D'une part, Sue Robinson allait débarquer sous peu et elle risquait de mettre l'occasion à profit pour réannexer Percy-sans-Pareil. D'autre part, le père de Gloria avait épousé une Anglaise bon chic bon genre, intellectuellement O.K., à part le fait qu'elle prônait une discipline obsolète – notamment, se plaignait Gloria, quand il s'agissait d'elle. Mais le Mexique, c'est le Mexique. *Exit* Gloria. Eux partis, Meg s'en alla passer quinze jours dans un camp un peu plus bas sur la côte et je fus officiellement mis en pension chez les Lansing, ce qui n'était pas la galère – leurs enfants les avaient dressés à ne jamais poser de questions sur leurs allées et venues.

En fait, je couchais la plupart du temps à la villa, à cause de Moxie, ce qui était super. Il avait la maison à son entière disposition, et certains coins commençaient à dégager la même odeur que lui. Je suppose que je tablais sur le fait que m'man serait trop accaparée par son mariage pour s'en préoccuper. Je ne sais pas ce que je pensais. Une espèce d'imbécillité heureuse semblait s'être emparée de moi.

McLeod me dit un jour, alors que je chahutais dans l'eau :

– Je ne sais pas si je dois être flatté ou dépité du changement qui s'est opéré en toi.

– Quel changement ?

– Tu rajeunis.

– Mais c'est plutôt une bonne chose, non ?

Il sourit.

– Si tu commences à quatorze ans, ta marge est plutôt réduite.

Nous nagions presque tous les jours, car, entre autres bienfaits, on avait un temps magnifique.

– Je me sens libre, dis-je, faisant la planche et agitant les pieds.

– Ce que tu as toujours voulu être. Cela t'est-il venu à l'esprit que le mot « libre » ne signifie rien en soi ?

– Comment ça ?

– Libre de faire quoi ? Libre par rapport à quoi ?

La première question était fastoche, et j'avais déjà répondu : libre de faire ce que je voulais. L'autre requérait quelque réflexion. On ne pouvait paresser trop longtemps dans cette eau. Je fis quelques brasses lentes, réfléchissant. La liberté par rapport à quoi ?

Aux importuns.

À m'man.

À Gloria.

À la maison.

Je le dis à McLeod.

– Je sais qu'ils te tapent souvent sur les nerfs. Tu les agaces probablement autant. Mais ne les aimes-tu pas un peu ?

Ce mot...

– Je n'aime pas des masses le mot « aimer », dis-je.

– Il est dévalorisé, galvaudé. Pourtant, c'est un bon mot. Pourquoi te déplaît-il ?

Je cessai mes brasses et nageai en chien. Le rivage semblait distant, une ligne verte ondulée entre deux bleues.

– Je ne sais pas. Il m'a toujours rebuté, d'aussi loin que je me rappelle. (Je fouillai dans ma mémoire. En vain. Le noir total. Avec, cependant, un étrange sentiment de malaise.) Quelque chose, dis-je. Je n'arrive pas à me rappeler exactement quoi.

– Mais c'est lié à ton aversion pour le mot « aimer » ?

Je hochai le menton. Ma tête s'enfonça légèrement sous la surface et je bus la tasse. Puis je le sentis, un courant beaucoup plus froid qui semblait me saisir les pieds et tirer. Il était le plus fort. Je ne pouvais remonter en surface. Je donnai des ruades, le plus violentes possible, et réussis à me libérer. Quand j'émergeai, je crus avoir perdu conscience quelques instants, et avoir été emporté à des kilomètres du rivage, car il n'était nulle part en vue. La peur se transforma en une boule d'acier à l'intérieur de moi. J'avais l'impression que le froid du courant me traversait de part en part. Puis je dus me retourner, car le rivage était là. Toutefois, j'avais raison sur un point : j'avais dérivé au large.

– Justin ! criai-je.

– Je suis là. (Il était derrière moi.) Viens, Charles, regagnons la rive, lentement et sans forcer.

– Je suis aspiré vers le fond.

– C'est le courant sous-marin. Si tu nages, tu n'auras pas de problème. Il n'atteint pas la surface. Allonge-toi sur l'eau. Nage !

Sa voix me calma un peu et j'essayai de lui obéir. Mais ce n'était pas suffisant : la panique l'emporta.

– Je ne peux pas ! Il m'entraîne !

– Tu peux. Maintenant, fais ce que je te dis. Tout de suite !

Toujours cet autoritarisme cinglant qui me faisait voir rouge ! Fasciste ! pensai-je, ruant frénétiquement. Attends que je sois sorti de là !

Nous étions arrivés à peu près à mi-chemin de la rive quand je me rendis compte que le courant glacial ne me tirait plus par les pieds. Par comparaison, l'eau paraissait chaude.

– Tu veux que je t'aide ? dit McLeod.

Il était à moins d'un mètre de moi.

– Allez vous faire voir, marmonnai-je.

Et je bus la tasse.

– Encore heureux qu'il n'y ait pas d'égouts, par ici.

Ce joyeux commentaire faillit me faire gerber l'eau que je venais d'ingurgiter. Je toussai, crachai et lui jetai un regard mauvais.

– Toi et ton estomac délicat, dit-il avec gentillesse, se tournant comme un marsouin.

J'étais épuisé ; cependant, je rassemblai mes forces et plongeai. Juste comme j'allais lui donner un coup de tête à l'endroit qui lui aurait coupé le souffle, je sentis qu'il m'empoignait par les cheveux. Ensuite, il me hala comme une poignée d'algues.

– Tout doux, Tigre, tout doux. Interdit de frapper Prof.

Je tentai de l'atteindre en faisant des moulinets. Mais son bras était trop long.

– Allons donc !

Puis il me lâcha la tête et disparut. On n'était pas loin du rivage, mais je vis à quel point il traçait. Un éclair avait à peine zébré l'eau que, déjà, il était debout sur le rocher et m'observait.

Me sentant à peu près aussi agile qu'une péniche, j'avançais avec peine. Je croyais ne plus être capable de faire une seule brasse quand j'atteignis enfin le rocher. Je m'y hissai pesamment. Mon seul désir, c'était de m'allonger.

McLeod me lança ma serviette.

– Enlève ton maillot trempé et frotte-toi énergiquement.

– Tout à l'heure.

– Maintenant.

– Pour l'amour du ciel, grommelai-je, dois-je toujours faire vos quatre volontés ?

– Dans l'immédiat, oui. Je veux que tu te sèches avant de t'étendre.

J'ôtai mon maillot et je passai la serviette dans mon dos, en oblique, en diagonale et en travers. Je me frottai la poitrine, l'estomac, les jambes. Puis je montai sur le rocher plat et m'allongeai.

– Et je n'aime pas les blasphèmes, dit Justin quelque part au-dessous de moi.

– Navré, m'sieur, dis-je.

Et je sombrai aussitôt dans le sommeil.

Je me réveillai au contact d'eau froide qui m'éclaboussait la figure.

– Très bien, Endymion, allons-y !

McLeod se tenait au-dessus de moi, torse nu dans son jean. Je m'aperçus qu'il m'avait couvert de son pull et de sa serviette. Il m'aspergeait avec un vieux bidon rouillé.

Je me dressai sur mes coudes.

– Quelle heure est-il ?

Nous étions partis à midi et le ciel n'avait pas l'allure d'un ciel de midi.

– À peu près trois heures.

Je bâillai à m'en décrocher la mâchoire et me levai.

Nous reprîmes le chemin cahoteux et restâmes silencieux durant la plus grande partie du trajet. Je ressassais les événements, assez honteux, tant de ma panique que de mon mauvais caractère. Je me demandais s'il me prenait pour une poule mouillée.

Avec cette espèce de perception extrasensorielle qu'il avait, il dit :

– Je n'aurais pas dû te laisser aller aussi loin. J'écoutais ce que tu disais et je n'ai pas fait attention. Je suis désolé.

Je commençais à rassembler les pièces du puzzle.

– C'est pour ça que vous vous êtes mis à me donner des ordres comme un colonel S.S. ?

– C'était la façon la plus rapide de t'injecter un peu d'adrénaline. J'aurais pu te remorquer. Toutefois, j'ai pensé que tu préférerais y arriver seul.

– Vous croyez que je suis une poule mouillée ?

– Avoir peur ne signifie pas être une poule mouillée.

– Mais agir en tant que tel, si.

– Tu voudrais de l'héroïsme instantané ?

– Vous voulez dire que ça demande de l'entraînement ?

– Oui. Comme tout le reste.

– Comme vous, dis-je.

Il dit vivement :

– Ne me mets pas sur un piédestal, Charles. Je ne suis pas un héros.

– Pourquoi ? À mon avis, vous en êtes un.

– Parce que. (Il braqua pour éviter un énorme trou, arrêta la voiture et me regarda.) Un jour, tu découvriras que j'ai des pieds d'argile... et des genoux, et des jambes d'argile. Si tu m'as idéalisé sous les traits d'un héros, tu ne me pardonneras jamais d'avoir fait voler cette image en éclats. Tu comprends ?

Non, je ne comprenais pas. Je ne voulais pas renoncer à mon cocon. Je secouai la tête.

– Dans ce cas, crois-moi sur parole.

Il fit redémarrer la voiture et nous cahotâmes jusqu'à sa grille.

Je conclus qu'il se sous-estimait et pris la décision de ne plus y penser.

Le lendemain, je me souvins de ce dont nous étions en train de discuter quand le courant m'avait happé. Je tentai d'expliquer à Justin la sensation de ténèbres et de malaise dont j'étais la proie quand j'essayais de me remémorer des souvenirs trop lointains. Nous avions terminé le cours plus tôt et je buvais du lait en mangeant du fromage, des fruits et du pain complet, que Justin décrétait meilleur pour ma santé qu'un demi-kilo de biscuits. Je coupai une large tranche de fromage et la mis sur un morceau de pain.

Il grogna.

– Bon, je ne suis ni détective ni psychanalyste et je ne suis pas sûr que l'introspection – excepté quand elle est nécessaire et que tu es conscient de tes actes – ne soit pas un remède pire que le mal. Il y a des choses qu'on doit accepter, tout bonnement.

Je pris une énorme bouchée de ma tartine.

– Je croyais que se connaître soi-même était le plus important, dis-je, la bouche pleine.

Mes paroles furent assez indistinctes.

– Répète-moi ça quand tu auras avalé... et avant de mordre dans la prochaine bouchée.

J'avalai.

– Un prof, à mon école, affirmait que les bonnes manières sont une invention élitiste, qui sert à préserver le statut des nantis en donnant un sentiment d'infériorité au prolétariat.

– À mon avis, ça vaut le coup de courir le risque. Ne parle pas la bouche pleine.

Je me rappelai Percy-sans-Pareil et les bouts de beignet imprégnés de salive entre ses dents.

– O. K.

– Que disais-tu ?

– Je croyais que se connaître soi-même était le plus important.

– La connaissance de soi est une chose, la préoccupation de soi en est une autre. As-tu toujours envie de t'engager dans l'armée de l'air ?

– Oui, dis-je, et je m'aperçus que je n'avais plus pensé à voler depuis quinze jours, mais je n'y ai pas songé ces derniers temps. Pourquoi ?... L'idée vous déplaît ?

– Si c'est là ce que tu veux vraiment, parfait. Mais pas s'il s'agit seulement d'un fantasme, d'un désir de fuite.

– Comment je peux savoir si ça l'est ou non ?

– Est-ce que l'espace – si tu étais astronaute – joue un rôle quelconque dans ton ambition ?

C'était un truc que je n'avais jamais dit à quiconque, car les astronautes, à cause de leur appartenance au lobby militaro-industriel, n'étaient pas très bien vus dans mon bahut.

– Eh bien... oui.

– Alors, tu sauras si ton ambition est bien réelle quand tu aborderas les mathématiques qu'il te faudra connaître pour devenir astronaute. Cela exige d'être un bûcheur... pas un rêveur.

– Meg a dit qu'en ce qui concernait les maths j'en étais toujours au temps des frères Wright.

– C'est la sœur que tu aimes bien ?

– Oui. Meg est sympa.

– Elle a également raison pour ce qui a trait à tes maths. Il va falloir que tu te mettes au boulot, Winsocki, que tu te mettes au boulot.

– Qu'est-ce que c'est ? Un poème ?

– Une vieille chanson, qui date de bien avant ta naissance.

– Croyez-vous que je sois capable de le faire... être astronaute ? Ce sont des gens très intelligents.

– Tu es intelligent quand il le faut. Toutes ces histoires à propos de ta stupidité ne sont qu'un écran de fumée. Tu t'apitoies sur ton sort et tu refuses d'affronter la réalité. Cela te dispense de devoir travailler à des choses que tu ne veux pas faire.

– Merci bien !

Il sourit – il avait vraiment un sourire fantastique.

– Il n'y a pas de quoi.

Je n'étais pas fâché. Je ne pensais plus réellement que je pourrais être furieux contre lui, pas de la façon dont je l'étais quand j'avais foncé à l'anse, ce fameux jour. Joey excepté, je n'avais jamais eu d'amis, et McLeod était mon ami ; je n'avais jamais vraiment eu de père, ou du moins j'en avais qu'un vague souvenir, et il était mon père ; je n'avais jamais connu d'adulte avec qui communiquer ou en qui avoir confiance, et je communiquais tout le temps avec lui, même quand on ne se parlait pas. Et je lui faisais confiance. Parce qu'il était sévère mais juste. Parce qu'il n'était jamais dupe. Si j'avais raté un truc, inutile d'inventer de fausses excuses : face à lui, j'osais enfin être moi-même.

– C'est fort dommage que tu sois fâché avec l'orthographe, dit-il un jour, sarcastique. Et si tu ouvres la bouche pour me dire que l'orthographe est un complot raciste, épargne ta salive. Voici une liste de mots que je veux que tu apprennes. Je suis fatigué de te les voir écorcher. Je t'interrogerai dessus demain. Et mieux vaut qu'ils soient corrects.

– Vous plaisantez ! Ça date de l'époque victorienne.

– Tu es libre de t'en aller.

– Votre méthode ou la porte ?

– Exact.

J'appris donc les mots.

Et ainsi continuèrent les choses. Nous allions nager presque chaque jour. Quand, d'aventure, le ciel était gris, nous partions nous balader, emportant des sandwiches, buvant l'eau des ruisseaux. Dans l'arrière-pays de la péninsule, s'étendait une région sauvage, trop rocheuse pour l'exploitation agricole, où l'on apercevait çà et là la carcasse d'une maison ou d'un moulin. Plus haut sur la côte, les épicéas, les sapins et les pins poussaient au ras de l'eau, et se promener parmi eux, c'était se retrouver dans le même genre de silence que celui qu'on a dans l'eau.

– Ça flanque la chair de poule, dis-je une fois.

– C'est parce que tu n'es pas habitué au silence. Il y a presque toujours quelque chose qui fait du bruit : la radio, la télévision, un électrophone, la circulation, des voix.

– C'est pour ça que vous vivez seul là-haut ?

– En partie. Et, y étant désormais accoutumé, je trouve insupportable le raffut dans lequel vivent la plupart des gens.

– Pourquoi êtes-vous venu vivre ici ?

Il hésita.

– J'ai perdu mon boulot dans des circonstances qui me laissaient peu de chances d'en obtenir un autre.

– Ça a quelque chose à voir avec votre accident ?

– Oui.

Je m'étais posé des questions à propos de ce fameux accident, mais après m'être senti si dégueulasse de l'avoir dit à Pete, je n'avais pas envie d'insister davantage. Je suppose que je voulais plus ou moins montrer à Justin qu'en ce qui me concernait cela n'avait pas d'importance.

Il dit brusquement :

– J'ai fait deux ans de prison à la suite de ça.

Les mots jaillirent de cette vaste flaque de silence parmi les arbres. À vrai dire, je n'étais pas surpris. Je n'avais jamais connu quelqu'un qui fût allé en prison, même si on parlait beaucoup des choses terribles qui s'y passaient, mais qui s'étaient améliorées depuis. Tout d'un coup, la prison n'était plus seulement un truc qu'on voit au journal télévisé. C'était un lieu réel où Justin McLeod, mon ami, avait passé deux ans.

– C'était horrible ?

– À certains égards. Mais j'ai eu de la chance. C'était l'une des meilleures prisons du pays. Et puis, je m'étais complètement préparé à y aller. J'avais plaidé coupable et je m'attendais à récolter une peine plus longue. J'en ai appris beaucoup, là-bas.

– Quoi, par exemple ?

– Des choses sur moi-même et sur les autres. J'ai également commencé à écrire. Quand je suis sorti, j'ai compris que je ne pourrais pas retourner à mes occupations d'avant. Je voulais être seul.

Je me rappelai son nom et les mots : *École St. Matthew's* sur la page de garde de l'anthologie poétique.

– Avez-vous enseigné à St. Matthew's ?

– Oui.

Il n'y avait plus rien à ajouter. Mais je voulais qu'il sache que ça ne faisait pour moi aucune différence.

– Cela n'a pas d'importance, vous savez. Je veux dire... Vous voyez ce que je veux dire.

Il me regarda et sourit.

– Oui, je vois. Merci !

Dans un sens, cette conversation facilita la partie cours. Il connaissait les méthodes d'enseignement et ce qu'on pouvait me demander à l'examen.

– Barry dit que St. Matthew's s'est amélioré. Que l'école a traversé une mauvaise passe, mais qu'Evans, le nouveau proviseur, est un type bien.

– En effet.

J'appréciais vraiment mes cours, même le latin et les maths. J'appréciais tout. Un jour, je dis :

– Nous serons toujours amis, n'est-ce pas ?

J'étais debout sur un rocher au sommet d'une colline, le point culminant du coin. Justin se tenait légèrement en contrebas. Il dit :

– Aussi longtemps que tu le souhaiteras.

– Ce sera toujours.

Il sourit.

– D'accord.

Mais je perçus de l'inquiétude dans sa voix.

– Je ne changerai pas. (Puis, comme il ne disait mot :) Pourquoi changerais-je ?

– À chaque jour suffit sa peine. Tu ne peux mettre demain sous clé et le garder à l'abri.

– Comment ça ?

– Aucune importance. Je crois qu'il va pleuvoir. Rentrons.

10

Et puis un jour, tout fut fini.

Tout ça parce que j'oubliai qu'on était dimanche. Il y avait belle lurette que les samedis avaient été intégrés au reste de la semaine. Je les passais avec Justin, non pas à travailler mais à nager, à marcher, à lire, à discuter, même à laisser Richard s'habituer à moi, si bien qu'à la fin du mois d'août je pouvais non seulement le caresser, mais je l'avais aussi monté une fois ou deux. Les dimanches, cependant, je les passais à la plage ou sur la jetée... à attendre que la journée s'égrène.

Cette fois, peut-être parce que Justin ne m'y fit pas penser le samedi avec son « À lundi » habituel, j'oubliai. J'arrivai donc vers sept heures et demie, pénétrai dans la maison, vis que Justin n'était pas dans la bibliothèque et me dirigeai vers la cuisine. Je l'y trouvai, en train de boire du café, un livre calé sur un pupitre de fer devant lui. Ce qui me coupa dans mon élan, ce fut qu'il portait une chemise blanche, une cravate et une veste de tweed. Je ne l'avais jamais vu habillé autrement qu'en bleu de travail ou en jean et pull ou sweat-shirt.

– Pourquoi êtes-vous sur votre trente et un ? demandai-je, sans même dire bonjour.

– C'est dimanche. L'aurais-tu oublié ? On est censé se reposer.

– Oh !

Je me sentis déçu.

– Tu veux du lait ?

– Oui, merci. Je vais le chercher.

– Je ne voudrais pas paraître inhospitalier, dit-il tandis que j'apportais le lait sur la table, mais il va falloir que je te quitte dans quelques minutes.

– Où allez-vous ?

Bien sûr, ça ne me regardait pas. Je suppose que je n'attendais pas qu'il me réponde. Mais il le fit, et ça m'étonna vraiment.

– À l'église. Tu renverses le lait.

En effet. Le verre débordait. Je tirai d'un coup sec un torchon sur le dos d'une chaise.

– Pourquoi allez-vous à l'église ? demandai-je en épongeant les dégâts.

– Non, ne le remets pas sur la chaise. Pose-le dans l'évier. Pour la raison habituelle... participer au culte.

– Oh !

– Tu n'es jamais allé à l'église ?

Je secouai la tête.

– Non.

Justin avala le restant de son café et se leva.

– Je serai de retour dans deux heures.

Je l'entendis traverser le vestibule, puis franchir la porte d'entrée. Il était presque arrivé à sa voiture quand je le rattrapai.

– Je peux venir avec vous ?

Il hésita.

– Que dirait ta mère ?

– M'man estime que chacun doit faire ses propres choix, dis-je pieusement.

Je me gardai d'ajouter : « Sauf quand elle n'approuve pas lesdits choix, comme l'internat... »

Mais Justin le savait, lui aussi, ou le devina.

– Tu n'es pas doué pour le mensonge, Charles.

– Eh bien, elle a toujours affirmé que quand les gens atteignent le... l'âge de la sagesse, ils doivent faire ce qu'ils croient juste.

– Je doute qu'elle jugerait que quatorze ans est l'âge de la sagesse, mais on te donnerait le bon Dieu sans confession quand tu dis ça. Te rends-tu compte aussi qu'on pourrait te voir avec moi ? Tu es très cachottier au sujet de tes visites et quelqu'un risquerait d'en avertir ta famille... Pas seulement un ami.

– Aucun des gens que connaît ma famille n'est debout à cette heure-là un dimanche matin.

Il rit.

– Très bien. Mais tu vas sûrement t'ennuyer.

Je me précipitai pour monter dans la voiture.

– J'ai l'air bien ? Je veux dire... je ne suis pas habillé chicos ni rien.

– Si tu avais l'air légèrement pire, ce serait sans doute mieux... On pourrait croire qu'on t'a arraché in extremis aux flammes de l'enfer.

Il fit démarrer la voiture.

– Dois-je descendre me rouler dans la boue ?

– Inutile de forcer la note.

La grosse tête de Mickey s'encadra dans la vitre. Justin le caressa puis le repoussa.

– Non, Mickey.

– Vous croyez qu'il a besoin de l'église ?

– La question serait plutôt : l'église a-t-elle besoin de lui ? Il aime participer. Quand vient le moment de chanter ou de psalmodier, il se met à hurler à la mort.

– Peut-être qu'il n'a pas l'oreille musicale.

– Je professe une opinion opposée : si. C'est là son problème.

À ce moment-là, le tiers antérieur de Mickey était dans la voiture.

– Oh, d'accord ! dit Justin. (Il donna une vigoureuse bourrade à Mickey, s'adossa et ouvrit la portière arrière.) Tu exerces une mauvaise influence sur lui, tu sais. Il s'était habitué à devoir rester à la maison.

Nous démarrâmes, avec Mickey occupant toute la banquette arrière.

– Il est de quelle race ? demandai-je tandis que la langue de Mickey, humide et affectueuse, m'enveloppait l'oreille.

– Dieu seul le sait !

– Je veux dire, vous ne l'avez pas acheté dans un élevage spécial ?

– Je ne l'ai pas acheté.

– Comment l'avez-vous eu, alors ?

– Je l'ai trouvé sur le bas-côté de la route. Soit on l'avait jeté d'une voiture, soit il s'était fait renverser. Il avait les pattes postérieures brisées.

– Quel âge avait-il ?

– D'après le vétérinaire, environ trois mois.

– Comment des gens peuvent-ils faire ça ?

– Je ne sais pas.

C'était une chouette balade, loin des grandes routes, parmi des champs verts ondulant, entrecoupés de murs de pierre. Plus on avançait, plus les arbres semblaient grands.

– Où allons-nous ?

– À Merton.

Une demi-heure plus tard, nous nous engageâmes dans Merton, avec ses deux rues principales se coupant et convergeant vers une minuscule place gazonnée. Justin s'arrêta devant une église blanche et se gara. Laissant une vitre ouverte pour que Mickey puisse sortir si la nature l'exigeait, nous descendîmes.

Justin regarda le chien.

– Reste là ! dit-il fermement.

– Vous croyez qu'il va vous obéir ? demandai-je tandis que nous entrions dans l'église.

– L'avenir nous le dira.

En dépit des prédictions de Justin, je ne m'ennuyai pas, même si je n'avais pas la moindre idée de ce qui se passait. Mais je me levais et m'asseyais quand il le faisait, et, avec l'impression d'être un peu ridicule, je m'agenouillais. Il ne me prêtait pas attention. L'homme qui officiait debout devant nous était vieux comme Mathusalem. Il portait une espèce de tunique rouge sur une robe blanche et parlait d'une petite voix ténue. Malgré tout, ou peut-être parce que l'église avait l'acoustique adéquate (Boule de poil était très ferré là-dessus et m'avait expliqué), j'entendais la plupart de ses paroles. J'essayais de tirer un sens de tout ça. Mais au lieu de s'éclaircir, tout devenait de plus en plus brumeux. Peut-être n'y avait-il pas assez d'air ; pourtant, certaines fenêtres aux verres colorés étaient ouvertes et il faisait frais. Je me sentais bizarre. L'église, sans être très éclairée, n'était pas sombre ; il y régnait une espèce de pénombre. Il y avait un immense crucifix sur un côté, dans une niche. Des cierges, çà et là, diffusaient une lueur floue. Il y avait une drôle d'odeur, pas désagréable, et étrangement familière. Je n'entendais plus le vieil homme, alors que je savais qu'il parlait toujours. Puis il y eut un voile noir et j'eus l'impression d'avoir froid et faim à la fois. Je clignai des yeux à plusieurs reprises et m'efforçai de me concentrer. Mais tout allait de mal en pis. Je lançai un coup d'œil vers Justin, et je fus saisi de panique. *Je ne voyais pas sa tête.* Ça paraît dingue, je sais. Et j'étais sûr d'avoir disjoncté. J'avais beau voir son corps, épaules comprises, et savoir que sa tête était là, je n'arrivais pas à la distinguer. Peut-être était-ce dû à la lumière ou à un truc comme ça. Mais elle se fondait dans autre chose.

– Justin, dis-je.

Puis j'eus un étourdissement et je compris que je devais sortir. Je me retournai et mis le cap sur la porte aussi vite que je le pouvais.

Une fois dehors, je m'assis sur le muret qui entourait le cimetière et j'attendis que tout se remette d'aplomb. Je me sentis mieux presque tout de suite. Deux minutes plus tard, Justin me rejoignit.

– Tu vas bien ?

Je hochai la tête.

– Je suis désolé, Justin.

– Il n'y a pas de quoi. Crois-tu pouvoir marcher jusqu'à la cure ? Elle n'est qu'à quelques pas.

La panique me reprit.

– Je ne veux pas entrer là-dedans.

– Bon. Mais je vais aller te chercher un peu d'eau fraîche. Ça te fera du bien.

Je secouai la tête.
– Inutile, merci.
Je me souvins alors d'avoir été infoutu de voir sa tête et levai les yeux. Il avait l'air comme d'habitude, excepté que, pour la première fois depuis longtemps, je remarquai que la moitié de son visage était balafrée. J'ai dû perdre l'esprit, je suppose, car je levai la main et la posai sur sa figure.
– C'est votre visage, dis-je.
– Oui. Tu pensais que c'était celui de qui ?
Les mots surgirent de nulle part.
– De mon père.
Nous nous fixâmes du regard. Puis j'ôtai ma main.
– Justin, on peut s'en aller ? Je veux partir d'ici.
– Oui, bien sûr.
Je n'avais pas grande envie de parler, alors, nous roulâmes. J'essayais de comprendre ce qui m'était arrivé, mais, dès que j'y pensais, je recommençais à me sentir bouleversé, alors je fis le vide dans mon esprit.
Quand nous arrivâmes chez Justin, je dis :
– Je suppose que je devrais aller à la plage pour le reste de la journée. Puisqu'on est dimanche, je veux dire.
– Tu désires y aller ?
– Non.
– Dans ce cas, n'y va pas. (Quand nous nous retrouvâmes dans la cuisine, il dit :) Assieds-toi.
J'obéis. Il emplit deux bols d'un liquide qu'il puisa dans une grande marmite posée sur la cuisinière et les apporta sur la table.
– Mange, dit-il en plaçant une cuiller à côté de mon bol.

Puis il revint avec une miche foncée sur une planche, coupa deux tranches, m'en tendit une et s'assit.

La soupe était chaude et délicieuse, épaisse, garnie de viande et de légumes et d'un truc qui ressemblait à du riz mais n'en avait pas le goût.

– C'est du riz ? demandai-je.

– Non, de l'orge.

– C'est vous qui l'avez faite ? La soupe ?

– Oui.

– Vous aimez cuisiner ?

– Pas particulièrement. Mais je n'ai guère le choix.

Je pensai à Barry.

– Vous pourriez avoir une femme de ménage.

– Je préfère faire la cuisine.

– C'est bon, dis-je en nettoyant le bol.

– Tu en veux encore ?

– Oui. Qu'est-ce qu'il y a dedans ?

Il se leva et alla à la cuisinière.

– De tout. (Il revint et emplit de nouveau le bol devant moi.) Mais surtout, tu mets un os de bœuf. Si Mickey l'a rongé une semaine ou à peu près, c'est encore mieux. Ça donne davantage de goût.

J'étais sur le point d'avaler une cuillerée.

– Vous blaguez ?

– Qu'est-ce qui te fait dire ça ?

– Ah ! ah ! Vous me faites mourir de rire.

Il sourit.

Quand j'eus fini, Justin dit :

– Tu peux monter à l'étage et t'allonger, si tu veux. Ça pourrait te faire du bien de dormir.

– Je préférerais m'étendre sur le rocher. On peut y aller ?

– Bien sûr.

Nous nous mîmes donc en route. Je me couchai sur le rocher au soleil et m'endormis. Quand je me réveillai, nous allâmes nager. Nous regagnâmes le rocher peu après et nous allongeâmes. Tout ce temps, Justin n'avait rien dit sur ce qui s'était passé. Je savais plus ou moins qu'il n'en ferait rien. Étendu là, je réfléchissais. Si ç'avait été m'man, ou Boule de poil, ou le père de Meg, ou encore l'un des profs du bahut, ou même Meg, ils auraient tous été après moi : « Qu'est-ce qui s'est passé ? Pourquoi ? Raconte-moi tout ? Es-tu certain de te sentir bien... ? »

– Justin, dis-je.

– Oui.

– Vous êtes un type fantastique. Vraiment.

– Merci. Pourquoi ?

– Parce que vous n'êtes pas là à me harceler de questions.

– Je t'en ai posé de temps en temps.

– Pas quand je ne voulais pas y répondre. Comment vous y prenez-vous pour faire toujours la différence ?

– Parce que, je suppose, je...

Je me retournai sur le côté, lui faisant face.

– Parce que quoi ?

– Oh, question de chance, j'imagine.

– Ça n'a rien à voir avec la chance. Et ce n'est pas ce que vous alliez dire.

– Parce que nous sommes amis.

– Oui, nous le sommes. (Je retombais dans ma somnolence.) J'ai l'impression que si je cesse d'y penser, ça va me tomber dessus d'un seul coup... pourquoi j'ai eu un éblouissement, je veux dire.

– C'est probable.

– Pourquoi c'est arrivé, d'après vous ?

– Charles... comment le saurais-je ? (Il tourna légèrement son visage et me regarda.) Tu m'as dit que tu n'étais jamais allé à l'église. Il semble que si et qu'un événement qui t'a bouleversé a dû se produire ; sauf que tu ne t'en souviens pas. Peut-être l'as-tu délibérément censuré.

C'était vrai. Je le savais, même si je n'arrivais toujours pas à me rappeler ce que c'était. Le soleil était brûlant. J'étais toujours allongé sur le côté, un bras sous la nuque. Comme je m'endormais, je jetai l'autre sur sa poitrine, sentant sa peau et ses poils sous ma paume. Une espèce de sensation électrique me parcourut tout entier. Je me redressai à demi.

– Justin.

– Dors, Charles, dit-il fermement. Et laisse-moi faire pareil.

Cela paraissait une bonne idée ; je me rallongeai et sombrai dans le sommeil.

Quand je m'éveillai, j'étais dans la même position, un bras sous ma nuque, l'autre en travers de la poitrine de Justin. Je bâillai et j'essayai de bouger.

– Mon bras est engourdi.

– Frotte-le, dit-il d'un ton dénué de sympathie. Je vais me baigner.

Sur cette dernière séance de natation, nous rentrâmes. Il était aux alentours de cinq heures. Justin partit voir Richard. J'entrai dans la bibliothèque et je me plongeai dans un de ses Terence Blake. Il y avait belle lurette que je les avais tous dévorés. À présent, je les relisais. Je me rendis compte qu'il se faisait tard quand Justin alluma la lampe près de moi.

– Merci, marmonnai-je.

Et je me replongeai dans ma lecture.

Peu après, il parut à la porte.

– Viens, Charles. Le dîner est prêt.

Je levai les yeux. Il faisait presque nuit.

Le menu fut à peu de chose près celui du déjeuner : soupe, pain, fromage, une énorme salade, de la viande froide et des fruits. Quand nous eûmes terminé, la nuit était tombée. Je lavai la vaisselle en compensation de ma non-participation à la préparation du repas. Une fois que j'eus expédié ma tâche, Justin dit :

– Je vais te reconduire chez toi.

– Je ne peux pas passer la nuit ici, Justin ?

En prononçant ces mots, je pris conscience que c'était ce que j'avais en tête depuis le matin.

– Non. Tu ferais mieux de rentrer, je crois. Que se passerait-il si les Lansing se rappelaient soudain leurs responsabilités et se demandaient où tu es ?

– Ça ne risque pas. En plus, je couche presque toutes les nuits à la villa à cause de Moxie.

– Eh bien, et Moxie ? Qui va le nourrir ?

Il était vrai, bien sûr, que Moxie pourvoyait lui-même à sa pitance la plus grande partie de l'année, mais c'était quand on avait fermé la villa qu'il savait que j'étais parti. J'hésitai. Je ne sais pas si j'étais encore sous le choc ou quoi, mais je ne voulais pas me retrouver seul. Ou, plus exactement, je ne voulais pas m'en aller.

Justin m'observait.

– Mettons les choses au point. J'aimerais bien t'avoir ici. N'importe quand et pour aussi longtemps que tu le désires. Mais à mon avis, mieux vaut ne pas trop forcer la chance.

Il avait raison, naturellement, même si je n'appréciais pas qu'il me rappelle que la vie existait hors du cocon que je m'étais tissé.

– O.K.

Il me déposa non loin de chez les Lansing. J'entrai. Il n'y avait personne, ce à quoi je m'attendais plus ou moins. Depuis le départ de Pete et le séjour de Barney dans un camp de vacances, les Lansing sortaient beaucoup. Je laissai un mot pour signaler que je retournais chez moi, ressortis et suivis le littoral en direction de notre villa.

11

Le rez-de-chaussée était allumé. Comme c'est toujours le cas, je n'y prêtai pas attention.

– Moxie ! beuglai-je.

D'habitude, sur un miaou râpeux, Moxie émerge de quelque part, ou bien je l'entends descendre l'escalier à pas feutrés.

Mais il n'y eut pas un bruit.

– Moxie, viens, mon grand ! C'est l'heure de la bouffe.

Je mis le cap sur la cuisine, et c'est alors que je l'entendis. L'escalier débouche à côté et il gisait là, à son pied. Une sorte de cri étouffé. Il était couché sur le flanc. Du sang maculait le pourtour de sa gueule. Il essayait de se mettre debout, mais ses pattes postérieures n'obéissaient pas.

– Mon Dieu, Moxie ! Qu'est-ce qu'il t'arrive ?

Je me penchai et tentai de le déplacer. Stupide, archistupide. Seulement, mon esprit tournait à vide. Il poussa un cri. Du sang jaillit encore. Je lui caressai la tête, puis me dirigeai vers le téléphone. J'essayai de joindre le seul vétérinaire du coin. Le numéro ne répondait pas ; il n'y avait pas de répondeur. Je l'avais composé trois fois et j'avais laissé sonner. J'appelai l'opératrice ; elle essaya d'en contacter deux autres à l'autre bout du comté. Le premier était parti en vacances et son cabinet était fermé ; son remplaçant était absent pour le week-end. Le second consultait et ne pouvait venir. Il me dit d'amener Moxie en voiture et m'indiqua comment le soulever. Je téléphonai à Justin. Pas de réponse. Je ne savais que faire.

Je demeurai planté là à me demander quel voisin appeler en premier, lequel avait une voiture. Dans notre colonie estivale, on n'a pas besoin de bagnole une fois sur place, ce qui passe pour le fin du fin. Les hommes amènent leur famille et fichent le camp. Souvent, ils sont eux-mêmes en congé pendant les longs week-ends, mais, le dimanche soir, la plupart d'entre eux sont repartis. Je tentai le coup chez un ou deux. Soit ils étaient absents, soit ils n'avaient pas de voiture. J'appelai les Lansing, au cas où ils seraient rentrés. Mais personne ne décrocha. Je m'efforçai de faire fonctionner mon cerveau, mais j'observais Moxie, qui, à l'évidence, était en train de mourir. Je passai deux autres coups de fil. Les Brandon n'avaient pas de voiture et Maurice était déjà reparti. Les Gould ne répondaient pas. Je refis le numéro de Justin. Toujours rien. Je savais – il me l'avait dit – qu'il allait souvent se balader la nuit.

Évidemment, l'annuaire local n'était d'aucune utilité. Les gens n'étant là que l'été, leurs noms n'y figuraient pas. Je ne me servais jamais du téléphone ; comment m'man faisait-elle pour appeler les gens ? Je me souvins alors qu'elle avait un répertoire personnel, de couleur bleue, dans lequel elle notait tous les numéros utiles. J'ouvris le tiroir sous le téléphone et jetai tous les annuaires par terre ; celui d'ici, celui de Manhattan, celui de Westchester, celui du Connecticut, celui de Boston. Les pages jaunes. Mais pas trace du petit répertoire bleu. Il devait se trouver dans sa chambre – ou dans celle de Gloria. Gloria était toujours pendue au téléphone.

Je grimpai les marches quatre à quatre et commençai par la chambre de m'man. J'allumai et inspectai à la hâte tout ce qui était visible, la bénissant, pour une fois, d'être une femme ordonnée. Puis je passai à la chambre de Meg. Je donnai de la lumière et jetai un rapide coup d'œil. Meg est bordélique. Je cherchai parmi ses livres et ses magazines, les flanquant à terre au fur et à mesure, puis fouillai les tiroirs. Pas de répertoire. Je retraversai la chambre de m'man pour aller dans celle de Gloria.

À l'instant où j'ouvris la porte, je compris que Moxie y était venu et avait fait quelque chose de répréhensible. J'allumai. Il avait mis le paquet, et au beau milieu du lit. Le répertoire bleu était bien là, sur la commode.

Je le pris et fonçais vers l'escalier quand j'entendis des bruits. Une voix parlait, puis il y eut un fort grincement métallique. Cela ne pouvait venir que de ma chambre et de mon lit. Je fis demi-tour à toute blinde, j'ouvris la porte à la volée et j'allumai.

Percy-sans-Pareil et Gloria étaient là. Et je n'avais pas besoin de cours supérieur de sexologie pour comprendre ce qu'ils fabriquaient.

Gloria poussa un halètement de surprise.

– Fiche le camp ! hurla-t-elle.

Percy se retourna.

– Bon Dieu !

Et d'attraper prestement son pantalon.

Mais je ne le regardais pas, pas plus que Gloria. Je fixais sa santiag sur le plancher, droit sous mes yeux. Du sang séchait dessus et, englués dans le sang, il y avait des poils roux.

La rage explosa en moi.

– Tu... tu... (Les mots se bousculaient dans ma gorge. Puis je retrouvai ma voix.) T'as frappé Moxie. Tu l'as quasiment tué ! Tu savais ça, espèce de saligaud... espèce de sale connard ?

Une fureur inconnue me possédait.

Percy est mon aîné de quatre ans et il fait partie de l'équipe de hockey de première année. Je ramassai une batte de base-ball qui traînait dans un coin et m'avançai.

Je ne me rappelle pas vraiment ce qui se passa ensuite. Gloria se remit à hurler. Je persistais à vouloir assener un coup à Percy et réussis à le toucher deux fois à l'épaule. D'abord, il n'arrêtait pas de dire qu'il n'avait pas eu l'intention de blesser Moxie, mais je n'écoutais pas. Puis il se fâcha tout rouge. Il gagna la partie, bien sûr. Il pouvait retenir mon bras assez longtemps pour l'empêcher de l'assommer, et, en me mordant judicieusement, Gloria parvint à me faire lâcher la batte. Je luttais toujours et décochai deux coups de pied, mais finalement, il me flanqua une beigne qui m'envoya valser contre la tête de lit.

– Écoute, mon vieux, dit-il, palpant l'endroit de son bras où je lui avais laissé une marque, tu peux remercier ta bonne étoile que je ne t'aie pas donné une vraie leçon. Espèce de sale môme ! Tu ne l'aurais pas volé.

Je haletais, au bord des larmes. Mais je n'allais pas pleurer devant lui.

– Pauvre con ! Tu as tué mon chat ! Tu n'es bon qu'à ça... frapper des animaux sans défense !

Gloria s'était tirée. Percy bataillait pour remettre ses bottes.

– C'est ta faute. Tu l'as laissé saccager la baraque. C'est une vraie infection.

J'avais mal au crâne, là où j'avais heurté le lit. Cette rage aveugle, formidable, qui m'avait saisi avait désormais reflué. Qu'est-ce que je fichais là, avec Moxie en bas ? Je me levai d'un bond. Percy me repoussa sur le lit.

– Pas si vite, dit-il, rajustant sa chemise. Tu t'en iras quand je te le dirai.

– Moxie est en bas. Je dois l'emmener chez le véto. Laisse-moi passer.

Je filai comme une flèche et dévalai l'escalier. Moxie vivait encore, mais à peine. Je compris que c'était trop tard. Ses yeux commençaient à devenir vitreux. Tout ce que je pouvais faire, c'était d'attendre la fin avec lui. Je m'assis par terre près de lui, le caressant et lui parlant.

Percy descendit et me dépassa sans un mot. Arrivé à la porte, il se retourna.

– Je regrette pour Moxie, dit-il. Je lui ai botté le cul quand il s'est jeté sur Gloria, toutes griffes dehors. C'était ma botte, mais tu es aussi responsable que moi.

Je ne répondis pas.

Moxie mourut environ une heure plus tard. Percy disait vrai. C'était sa botte ; mais c'était autant ma faute que la sienne. Je restai assis sur le plancher un bon moment. Puis j'allai chercher un vieux sac à linge dans le placard de l'entrée, mis Moxie dedans et, traversant le jardin de derrière, l'emportai en haut de la colline. Il y avait clair de lune, mais je glissai quand même une lampe électrique dans ma poche. Je pris aussi une pelle dans le sous-sol.

Je creusai une tombe au sommet de la colline, sous le grand sycomore ; ainsi, je saurais toujours où était enterré Moxie. Cela me prit plus de temps que je ne l'avais supposé – le sol est rocheux et l'été avait été sec –, mais je m'en moquais. Puis je retournai à la maison et nettoyai les saletés sur le sol.

Enfin, je montai à l'étage.

J'entrai dans ma chambre ; mon lit avait été défroissé. Au milieu de la courtepointe bleue, il y avait quelques feuillets de papier attachés ensemble, avec une note de la main de Gloria : *J'ai gardé ça pour toi.*

C'étaient des photocopies de coupures de presse. Et elles m'apprirent tout ce que j'avais toujours voulu savoir à propos de mon père.

Je restai debout à les lire. Je connaissais deux ou trois choses, bien sûr : ingénieur diplômé du M.I.T., pilote de la Navy pendant la guerre de Corée, Distinguished Flying Cross et Navy Cross, que j'avais toutes deux à New York.

Ce que je ne savais pas, c'était qu'il était mort d'alcoolisme chronique à Sydney, en Australie, où il avait fini sa vie clochard.

Je suppose que j'aurais pu appeler Justin, mais j'avais l'esprit confus. D'une part, dès que je lus les articles, je me souvins, pour l'essentiel, de ce qui s'était passé à l'église ce fameux soir, longtemps auparavant. J'avais accompagné mon père, puis je m'étais endormi. Quand je m'étais réveillé, deux hommes l'entraînaient dehors. Ils ne m'avaient pas vu. Je me rappelai sa tête, ballottant entre eux. Je me souvins qu'il faisait froid, que les grappes de cierges dispensaient une lumière floue, que j'avais couru dans la nef à la poursuite des hommes, hurlant à leur adresse. Il faisait nuit quand j'avais franchi la porte et avais vu papa étalé sur le trottoir.

Le soir d'aujourd'hui, Moxie, la matinée, ce lointain soir – tout prenait sa place, comme dans l'un de ces films modernes. Cela expliquait papa, m'man et moi. Moi, surtout.

J'enfilai un caban, fourrai les papiers dans ma poche et la torche électrique dans l'autre. Puis je quittai la villa et entrepris la longue ascension jusqu'à chez Justin.

Je ne pensai à rien durant le trajet. Des images m'assaillaient puis s'effaçaient, sans ordre particulier : l'église le matin avec Justin, la tête blonde de papa dans le soleil, moi sur ses épaules, le même balancement de tête entre les deux hommes et son expression dehors sur le trottoir, Moxie avec du sang lui sortant de la bouche, Gloria et Percy-sans-Pareil sur le lit, le sycomore au clair de lune, Justin – sur le rocher, dans l'eau, assis en face de moi dans la cuisine, la sensation de sa peau sous ma paume, l'air qu'il avait dans mon rêve. Les images de lui étaient comme une corde qui me tirait là-haut. Je ne crois pas que j'imaginais réellement que monter chez lui résoudrait quoi que ce soit... Qu'y avait-il à résoudre ? Mais mes pensées n'allaient pas au-delà.

Mickey déboula dans un grondement de tonnerre quand je franchis la grille et émit deux aboiements retentissants ; dès qu'il me flaira, cependant, il s'approcha en bondissant et me lécha la figure.

La porte n'était pas fermée à clé. Je n'allumai pas. Le clair de lune filtrait dans le vestibule par la salle à manger, à main droite. Je montai à l'étage et j'entrai dans la chambre de Justin. Il n'y avait pas de rideaux ou, du moins, ils n'étaient pas tirés. Je distinguai son lit sans peine. Il dormait.

– Justin, dis-je. (Puis, plus fort :) Justin.

Je m'avançais vers le lit quand il remua.

– Qui est là ?

Il alluma sa lampe de chevet et s'assit.

– Charles ! Que se passe-t-il ?

Ses épaules étaient brunes contre l'oreiller blanc.

Tout sortit comme d'un furoncle incisé de frais.

– Moxie est mort. Ce sale con de Percy l'a envoyé valser d'un coup de pied au rez-de-chaussée. Gloria et lui étaient... (Tous les mots adéquats avaient fui de mon cerveau, ce qui était marrant, vu que personne dans mon entourage n'hésitait à les utiliser.) Ils étaient sur mon lit... C'est ma faute. Moxie avait fait un beau gâchis sur le lit de Gloria. Je suppose que c'est pour ça qu'ils étaient sur le mien. J'aurais dû l'empêcher d'en prendre à son aise dans la maison. Mais tout le monde était parti. Gloria m'a laissé ceci... (Je tirai les coupures de journaux de ma poche.) Vous savez pourquoi je n'ai pas de père ? Parce que c'était un ivrogne. Il a fini clochard. Il s'est barré, comme ça, et m'a abandonné. Lui et ses sales décorations... Il m'a plaqué. J'ai toujours cru que c'était la faute de m'man. C'est pourquoi je voulais...

Je vis Justin attraper sa robe de chambre et s'en draper tandis qu'il se levait.

– Calme-toi, Charles ! Calme-toi !

Mais l'heure n'était plus à l'apaisement. Mes genoux s'entrechoquaient, tout mon corps tremblait. Justin m'entoura de ses bras et me tint contre lui pendant que je versais des larmes venues d'un océan sans fond. Impossible de m'arrêter. Au bout d'un moment, il me souleva, me porta sur le lit et s'étendit près de moi, m'étreignant.

Je sentais battre son cœur, puis je me rendis compte que c'était le mien. Je ne pouvais m'arrêter de trembler; en fait, je fus pris de spasmes violents. C'était comme si tout – l'eau, le soleil, les heures, le jeu, le travail, l'été tout entier – se fondait. Le cocon s'était brisé et s'en déversait une pluie d'or.

Cependant, je ne compris ce qui m'arrivait qu'à l'instant où ça arriva.

Quand je m'éveillai, j'étais seul, couché dans le lit et non dessus – c'était ainsi que je m'étais endormi. Le soleil ruisselait par la fenêtre. Mon pantalon, mon pull et mon caban étaient sur une chaise. J'avais mon slip. Je me souvins d'abord de Moxie, puis de l'histoire concernant mon père. Enfin, je me rappelai être venu ici et ce qui s'était passé ensuite.

Je restai étendu un long moment à y réfléchir; plus j'y pensais, plus je me sentais mal, à mon sujet, au sujet de Justin. Et pourtant... Quelque part, depuis longtemps, je savais, non que cela arriverait, mais que quelque chose arriverait, et qu'ensuite tout serait fini.

Longtemps après, Justin entra. Je refusai de le regarder.

Il posa un verre de jus d'orange sur la table de nuit.

– Bonjour.

Je ne dis rien. Il alla à la fenêtre, fixa le paysage un bout de temps, puis, se retournant, s'adossa, bras croisés.

– Souhaites-tu en parler maintenant ou plus tard ?

Je m'assis et bus une gorgée de jus d'orange.

– Tu es inquiet ? À ton sujet ?

Tout juste. Mais je ne dis toujours rien. Je voulais qu'on me fiche la paix. D'une certaine façon, je refusais d'avoir à y penser, d'en parler.

– Je ne veux pas en parler, Justin. Laissons tomber.

– Je doute que ce soit une bonne idée. Pour toi. Ton impulsion première est de fuir. Tu vas donc fuir toute cette histoire, puis gaspiller inutilement des années à te tracasser. Il n'y a rien là-dedans dont tu doives t'inquiéter. Tu as réagi à une forte tension – et à un choc violent – d'une manière normale, à ton âge, n'importe quoi pouvait servir de catalyseur.

– Vous voulez dire que ça n'a rien à voir avec vous ?

– Ça a quelque chose à voir avec moi, évidemment. Mais rien qui ait une portée durable. Ç'aurait pu être n'importe qui – fille ou garçon. Ç'aurait pu se passer pendant ton sommeil. Tu dois savoir ça.

Oui, je le savais. Et je connaissais également tout au sujet de la part masculine et de la part féminine en chacun de nous. Mais je me remémorais d'autres choses. Les deux fois où, allongé sur le rocher, j'avais tendu la main vers lui et l'avais touché. C'est moi qui l'avais touché, pas l'inverse. Cela m'effrayait tant que je ne pouvais en détacher mes pensées.

– Vous êtes en train de me mener en bateau. Je ne vous crois pas.

– Je ne te mène pas en bateau. Je sais de quoi je parle.

– Oh, ça, j'en suis sûr !

Il n'y a rien, dans cette conversation matinale, dont je n'aie pas amèrement honte. Pourtant, de toutes les choses que je dis, c'est de cette phrase-là que j'ai le plus honte, et de celle qui suivit.

– Et vous, alors ?

– Il y a longtemps que j'ai découvert ce que j'étais.

Et moi aussi. Inconsciemment, je le savais, je l'avais toujours su. Et moi, alors ? Je le fixai.

– Dans ce cas, pourquoi avez-vous...

– Pourquoi j'ai fait quoi, Charles ?

Voilà ce que je n'arrivais pas à encaisser. Il n'avait rien fait. C'est moi qui avais tout fait. Toujours, j'étais allé vers lui. Et plus je réfléchissais, plus je me rappelais les fois où il m'avait retenu. Qu'avais-je été à deux doigts de faire, alors ? J'étais pleinement conscient d'être en train de le blesser. Mais je m'acharnais aussi à faire un truc où j'excelle : j'étais en train de couper le circuit.

– Je ne veux pas en parler, répétai-je.

Je ne saurai jamais vraiment si c'était un ultime appel que je lui lançais, une imploration pour qu'il m'aide avant que je fasse sauter le dernier pont entre nous.

Mais je sais désormais que Justin avait atteint ses limites. Il ne pouvait plus m'aider.

– Très bien, Charles. Fais comme il te plaira. Je suis en bas si tu souhaites me parler.

Justin avait dit : « La seule chose dont tu ne puisses t'affranchir, ce sont les conséquences de tes actes. » Je m'efforçai de ne pas y penser tandis que je prenais ma douche et m'habillais en faisant s'étirer le temps au maximum. Cependant, la preuve d'un de mes actes au moins – avoir permis à Moxie le libre accès dans la villa – me regardait, tel l'œil de Caïn. Une preuve plus tangible encore se matérialisa aux alentours de midi en la personne de Barry. Je venais juste de descendre. Justin travaillait à son bureau. J'essayai d'imaginer un truc à dire. Au moins, je suis heureux de ça. J'essayai.

Puis j'entendis claquer une portière de voiture et je jetai un coup d'œil par la fenêtre.

– Voilà Barry, dis-je.

– Je l'attendais.

J'eus à peine le temps d'assimiler l'information que Barry entra dans la pièce. Justin se leva.

– Salut, Barry.

– Salut, Justin.

Ils se serrèrent la main. Justin dit :

– Tu es venu pour Charles ?

– Oui. Nous avons reçu cette nuit un appel de Gloria, hystérique, comme on pouvait le prévoir. Apparemment, elle avait réussi à convaincre son père de la laisser rentrer deux jours plus tôt que prévu – elle nous a assurés qu'elle savait qu'il voulait retourner en Californie. Mon opinion personnelle est qu'il l'a payée pour qu'elle fiche le camp avant la date fixée. Quoi qu'il en soit, je crois qu'elle brûlait de donner la première sa version de la débâcle de cette nuit. Elle a dit que Charles devait être ici – elle avait tiré les vers du nez à son petit ami, qui tenait lui-même le renseignement de son frère cadet.

– Avec des contre-accusations à la clé, je parie.

– Bien sûr. Rien de ce qui pouvait troubler le cœur d'une mère n'a été épargné. Je savais bien que c'était une erreur d'avoir fait réparer notre téléphone.

Les deux hommes échangèrent un regard.

Barry se tourna vers moi.

– Je suis désolé pour Moxie.

Je ne dis rien.

– Tu penses pouvoir réussir cet examen ? Il y a une lettre de l'école. Tu es convoqué dans deux jours.

– Il peut réussir, dit Justin.

– O.K., fiston. Allons-y.

Je me tournai vers Justin.
– Au revoir, dis-je. (Puis j'ajoutai :) Merci.
Justin avait l'air fatigué et tendu. Mais il sourit.
– Au revoir, Charles. *Vaya con Dios.*
– Qu'est-ce que ça veut dire ? demandai-je à Barry quand nous montâmes dans la voiture.
Il mit le contact. Mickey, assis sur l'herbe, poussa un « Ouah ! » pour la forme.
Nous commençâmes à descendre le sentier.
Barry dit :
– Cela signifie : « Que Dieu te garde. »

12

Je me présentai avec succès à l'examen de repêchage et, dix jours plus tard, je retournai à St. Matthew's pour le début du trimestre scolaire. Finalement, m'man et Barry s'étaient mariés à l'époque où ils cherchaient un appartement. L'intervalle de temps entre l'exam et le début du trimestre fut pris par l'achat de vêtements et les soucis maternels au sujet de l'emménagement dans le nouvel appart. Je m'étais préparé en pensée à subir de la part de m'man un feu roulant de questions auxquelles je ne voulais pas répondre et au merdier habituel d'homme à homme que mes deux beaux-pères précédents avaient expérimenté. Mais personne ne fit allusion à rien.

Je ne pensai pas à Justin alors, ni plus tard ni au bahut. J'avais un boulot monstre et on nous tenait très occupés. Parfois, quand nous abordions en classe un truc dont on avait parlé, lui et moi, je le sentais, en filigrane, à la fois lointain et présent. Mais je passais vite à autre chose. Ce ne fut absolument pas un problème pendant environ deux mois.

Puis, un jour de novembre, j'étais assis en classe, regardant par la fenêtre le ciel gris et les branches marron des arbres. Tout d'un coup, je cessai de les voir. Le ciel était d'azur, et l'or du soleil contournait les feuilles vertes pour entrer par la croisée, et j'entendais l'océan en contrebas. Je sentais l'odeur de bois brûlé dans la cheminée, celle de Mickey couché devant de tout son long, l'âcreté saline venant de dehors. J'entendais la voix de Justin et je vis son visage...

Je repris pied dans la réalité en entendant le prof exaspéré me brailler aux oreilles.

Cette nuit-là, je rêvai de Justin. C'était comme le rêve que j'avais déjà fait, sauf que, cette fois, Barry y figurait. Il tenait le petit instantané de mon père et disait : « Mais enfin, Chuck, c'est lui l'Homme sans visage. Pas Justin. » Je regardai la photo. C'était vrai. Il n'y avait là aucun visage. Il n'y en avait jamais eu. J'avais seulement cru qu'il y en avait un.

Quand je me réveillai, je compris qu'il me fallait voir Justin. Je devais lui dire que je regrettais de m'être conduit comme un pauvre con, ce dernier matin. Je devais le convaincre que je l'aimais. Le mot qui m'avait toujours déplu surgit au premier plan de mon esprit : combien je l'aimais. Je n'avais plus peur de le lui dire, j'étais seulement malade de honte d'avoir – une fois de plus – pris la fuite. Et je devais rejoindre Justin sur-le-champ pour lui dire tout ça.

Je partis à la fin des cours du matin, juste avant le déjeuner. Il n'y aurait plus d'appel jusqu'au soir. Je franchis la porte sans être vu de quiconque. Quand j'arrivai à la grand-route, je fis du stop pour gagner la ville la plus proche.

Tard cet après-midi-là, au terme de nombreux autres trajets en stop et d'une longue marche, je parvins à la maison de Justin. Je pressentis qu'il n'était plus là quand Mickey ne se précipita pas à ma rencontre. La maison était fermée. J'allai jusqu'à la grange, également fermée. Je retournai à la maison, trouvai une fenêtre non verrouillée et entrai.

Je déambulai de pièce en pièce, à la chiche clarté du jour finissant. Je savais à présent que Justin n'était pas là, qu'il était depuis longtemps absent. Son lit était encore garni de ses draps et couvertures. La maison, toutefois, avait une vacuité qui n'avait rien à voir avec le mobilier. Il faisait terriblement froid. Il y avait quelques lampes à huile, çà et là, et je les allumai, quand la nuit tomba ; on avait coupé l'électricité. Je dénichai des boîtes de soupe dans la cuisine, mis du bois dans le gros fourneau, allumai un feu et fis chauffer la soupe. Puis je l'avalai avec des crackers que je trouvai dans une boîte en fer.

Je ne puis décrire à quel point je me sentais mal – jamais, de ma vie, je ne m'étais senti ainsi –, comme si tout le froid du monde était en moi. Et je ne pouvais en accuser personne. Je crois que c'était l'une des deux choses qui me rendaient si malade. L'autre, c'était ce que m'apprenait chaque mur, chaque coin de la pièce : que je ne dirais jamais les paroles que j'étais venu dire – du moins pas à Justin.

Après que j'eus mangé, je pris mon Terence Blake préféré pour le lire. Quand je l'ouvris, une feuille de papier en tomba. Je la ramassai et la dépliai. C'était une lettre de Justin.

Cher Charles,

Je suis certain que, tôt ou tard, tu ouvriras ce livre, alors j'y mets cette note.

Te connaissant, je ne doute guère que tu réagiras à retardement à propos de ce dernier matin et que tu seras la proie de la souffrance et du remords. Il ne faut pas. Tu m'as donné quelque chose que je n'espérais plus jamais connaître : camaraderie, amitié, amour – le tien et le mien. Je sais que ce mot ne te plaît pas beaucoup. Mais tâche d'apprendre à ne pas en avoir peur.

Encore une requête : essaie de pardonner à ton père. Il a fait de son mieux. Plus de gens que tu ne crois font de leur mieux. Une bonne façon de démarrer est de te pardonner à toi-même.

Mon amour pour toi, toujours
Justin.

P.-S. *Barry est un brave type, il m'a offert une amitié à toute épreuve quand j'ai eu besoin d'un ami. Efforce-toi d'être son ami, car il est très désireux de devenir le tien. Au fait, savais-tu qu'il était pilote durant la Seconde Guerre mondiale ? Il n'en parle guère, mais le ferait sans doute si tu le lui demandais.*

Je dormis cette nuit-là dans le lit de Justin, empilant toutes les couvertures que je pus trouver dans le placard du vestibule. Le lendemain fut un jour gris et froid, à l'image de moi-même. Du bois était préparé près de la cheminée dans le salon et je fis un feu. Puis j'avalai encore de la soupe et des crackers, plus une boîte de spaghettis, en guise de petit déjeuner.

Cet après-midi-là, je pris la route cahoteuse jusqu'à la falaise et contemplai du bord le rocher plat au-dessous. En dépit des deux pulls de Justin que j'avais trouvés et enfilés, j'étais à demi gelé. La neige n'était pas encore là, mais elle n'allait pas tarder. L'océan était noir. Le rocher ressemblait à un rocher.

Cette nuit-là, je relus le livre entier, mangeai encore de la soupe avec une boîte de jardinière de légumes et j'ouvris une autre boîte de crackers.

Le lendemain matin, je fus réveillé par Barry qui me secouait. Il paraissait fatigué, pas rasé, et irrité.

– Entre toi et Calamity Gloria, dit-il d'un ton énervé tandis que je roulais sur moi-même et m'asseyais, l'exercice de ma profession d'avocat – pour ne rien dire de mon mariage – n'obtient pas mon attention pleine et entière. Je suppose que je devrais remercier le ciel que le seul problème de Meg – pour l'instant – soit la nourriture.

– Justin ? dis-je.

Mais j'étais sûr et certain de connaître déjà la réponse.

– Il est mort, fiston, il y a à peu près un mois, en Écosse.

– Pourquoi tu ne me l'as pas dit ?

– J'attendais que tu me questionnes.

– Je me suis conduit comme un sale con envers lui.

– Oui. Mais il a compris.

Il y avait une chose dont j'avais terriblement peur. Mais j'allais poser la question maintenant, pas l'année prochaine.

– A-t-il... Comment est-il mort ?

– D'une crise cardiaque. Ce n'était pas vraiment une surprise. Il avait déjà eu des problèmes. (Barry, debout, me regardait.) Ça t'ennuierait si on poursuivait cette conversation en bas, dans la cuisine ? J'ai mis du café en route. En plus, je n'ai pas toutes ces couvertures.

– Tu seras soulagé d'apprendre, dit-il par-dessus la table de la cuisine, que Gloria et Percy se sont mariés. Ce qui, j'en donnerais ma tête à couper, sera pour elle la première d'une longue série d'unions.

Confusément, je devinais que Barry faisait plus ou moins les frais de la conversation pour m'aider à franchir cette mauvaise passe. J'essayais de m'habituer à sa présence en ces lieux, assis en face de moi, alors que ç'aurait dû être Justin. Je savais que je n'y arriverais jamais, pas entièrement.

– Comment va m'man ? demandai-je enfin.

– Bien. Elle ira encore mieux quand tu seras retourné à l'école. À présent que Gloria est mariée, les choses seront plus faciles pour vous deux.

Barry fixa le fond de sa tasse à café.

– Je te reconduis à l'école, Chuck. Dieu sait, tu as eu assez de mal pour y entrer.

La souffrance, en moi, se raviva légèrement. Je pensai : Et Justin, donc !

– La question, s'obstina Barry, est la suivante : vas-tu y rester ? (Il s'éclaircit la gorge.) En dépit de ce qu'on pourrait croire, je ne suis pas complètement demeuré. Evans non plus. Il a dit que tu pouvais réintégrer St. Matthew's cette fois. Mais ce sera la dernière. Je ne suis pas ton père. Inutile de faire comme si j'avais quelque autorité sur toi. Et tu as passé les trois quarts de ton existence à te battre contre ta mère. Concrètement, donc, que tu y restes ou non dépend de toi, et de toi seul. Tu es libre d'agir à ta guise. Mais il va te falloir faire un choix.

Ainsi, j'avais obtenu ce que je voulais : j'étais libre.

Barry se leva, lava la cafetière et sa tasse, et quitta la pièce.

Tu peux t'affranchir de tout, sauf des conséquences de tes actes.

Une vague de souffrance s'abattit sur moi. Puis elle finit par refluer.

Barry apparut à la porte.

– Eh bien ? Où ce sera ?

– À l'école, dis-je.

Comme nous passions devant le salon, je m'arrêtai.

– Les livres de Justin, ceux qu'il a écrits. J'aimerais les avoir.

Barry, à la porte d'entrée, farfouillait parmi une poignée de clés.

– O.K., prends-les. Ils sont à toi.

Je fixai les clés.

– Comment es-tu entré ?

Je n'avais pas réfléchi à ça.

– Avec ceci.

Barry leva une clé.

– Comment l'as-tu eue ?

– En ma qualité d'exécuteur testamentaire de Justin. (Barry me regarda.) Les livres sont à toi, Charles. Tous. Ainsi que cette maison. Justin t'a tout légué.

Aucune parole ne me venant à l'esprit, j'entrai dans la pièce et rassemblai les livres que je voulais emporter.

Au moment de partir, je dis :

– Que sont devenus Richard et Mickey ?

– Avant son départ pour l'étranger, Justin les a donnés à un gars dans le Vermont qui, apparemment, possède le même talent que lui.

– Tu veux dire qu'il est écrivain ?

– Non. Son autre talent, celui de sauver les créatures imparfaites et déchues. Lui-même y compris.

Et moi, songeai-je tandis que nous franchissions la grille.

3518

Achevé d'imprimer en Europe (France)
par Brodard et Taupin à La Flèche (Sarthe)
le 22 décembre 1993. 1831I-5
Dépôt légal déc. 1993. ISBN 2-277-23518-0

Éditions J'ai lu
27, rue Cassette, 75006 Paris
Diffusion France et étranger : Flammarion